U0483163

N A N C H U A N G J I

南窗集

姚邦辉　著

哈尔滨出版社
HARBIN PUBLISHING HOUSE

图书在版编目（CIP）数据

南窗集 / 姚邦辉著. -- 哈尔滨 : 哈尔滨出版社,
2024.5
ISBN 978-7-5484-7943-7

Ⅰ. ①南… Ⅱ. ①姚… Ⅲ. ①诗词－作品集－中国－
当代 Ⅳ. ①I227

中国国家版本馆 CIP 数据核字 (2024) 第 110899 号

书　　名： 南窗集
NAN CHUANG JI

作　　者： 姚邦辉　著
责任编辑： 韩伟锋
封面设计： 树上微出版

出版发行： 哈尔滨出版社（Harbin Publishing House）
社　　址： 哈尔滨市香坊区泰山路82-9号　　**邮编：** 150090
经　　销： 全国新华书店
印　　刷： 湖北金港彩印有限公司
网　　址： www.hrbcbs.com
E-mail： hrbcbs@yeah.net
编辑版权热线：（0451）87900271　87900272

开　　本： 880mm×1230mm　1/32　**印张：** 7.5　**字数：** 121千字
版　　次： 2024年5月第1版
印　　次： 2024年5月第1次印刷
书　　号： ISBN 978-7-5484-7943-7
定　　价： 78.00元

凡购本社图书发现印装错误，请与本社印制部联系调换。
服务热线：（0451）87900279

自序

南窗伏案，明德姚某之乐事；诗教化人，三尺杏台之力寻。自孩时一闻倾心一见钟情，我便和诗词缱绻至今。

儿时听父亲讲《薛仁贵征东》，吸引我的除了薛仁贵的传奇故事，还有里面的诗句。父亲记性好，声音铿锵有力，在他的讲述下，那些诗句给人物故事罩上了特别的韵味，特别迷人。

长大后最爱进县城新华书店，看到古诗词类书籍就不能移步。可是囊中羞涩，翻阅摩挲许久最后只好怅然离去。于是从父母给的伙食费里省吃俭用，攒够了钱便跑去买来一睹为快，揣摩玩味。有时想要的书卖完了，还让我心念许久。那时生活学习花费处多，加上家里钱物艰难，能买得几本，也很满足。

看得多了，便生兴致，一有感发，就迫不及待地抒发起来。具体什么时候开始写诗填词，已记不清楚。但种子一旦播下，便像野草蔓生不可刈除。及至大学读汉语言文学，毕业后入杏坛教书育人，诗词已然和我完全不能分割了。

教坛，是我诗词创作的原点和出发点。学生、语文、磨血、育人，是我日常，也是我心所向。为此我创作了不少和教育教学相关的诗词，或即兴抒怀，或改写名作，或感赋作者，或升华延伸，或指点评析，或赠勉学生，或对接现实，充分发挥教材和诗教的功能，努力让自己实现从经师到人师的转变提升，引导学生不只是发展知识能力和提高语文素养，更要在人生境界上向美趋善。

教余，使我诗词创作得以拓展和丰富。我将视野投向更加广阔的自然社会，用旧瓶装新酒，赞美自然风物，反映时代变化，歌颂时贤英雄，宣扬人性光辉，并将创作所得用来反哺我的课堂，试图给予学生更多的正能量和思想启迪，并在更广阔的时空里和学生进行灵魂的碰撞和交流。我曾经写过一篇论文《一枝独开，暗香沁怀》（附后），文中总结了我自创诗词进行教育教学的一些体会，诸君可以参看。

我工作的明德中学文化底蕴深厚，校训特别推重“真诚”二字，而“真诚”更是诗词艺术的生命。我秉承“唯真诚方能动人”的理念，独抒性灵，真实自然，教余之作大多是表现思念亲友、田园趣味、旅行感受、怀古幽情等。在交流中，学生和我同频共振，在熏染感奋之余，也畅抒怀抱，用古风雅韵谱写他们的青春之歌。相互唱和吟咏，是独属于我们师生的浪漫。

唱和之间，不知怎么，渐有学生呼我为“南窗先生”，而我也乐得以此自称。一则南窗之下置有我读书作文之书案，是我灵感迸发之处；二则南窗是我所仰慕的五柳先生倚以寄傲之凭借，而我能幸沾其名，心里便也窃喜。今年冬天，将之前所作搜集整理，去粗存精，按体编次，共集四百多首，即以“南窗”名之。

先生身渐老，其志犹未悔。这些诗词，是我奋进的力量源泉。自创诗词教书育人，能让学生存下一颗诗心，和学生结下一份诗缘，纵然多么辛苦，也是值得的。

自创诗词教书育人是一项有创造性和有意义的工作，任重而道远。本人才疏学浅，加之创作时间仓促，难免辞浅意薄，或有出律之处，倘得广大诗词爱好者和语文同仁惠而正之，则幸甚焉。

二〇二三年岁末于长沙城南湖山苑居所南窗下

一枝独开，暗香沁怀

《礼记·经解》中说："温柔敦厚，《诗》教也。"说的就是要把符合某种道德规范的诗作为教育人们的一种手段。大诗人陆游留下一百多首写给子女的诗，对他们进行爱国教育；歌德用诗教育儿子积极向上；拿破仑骑在马上还要诵读歌德的诗歌。因为在欣赏诗歌的过程中，作者的价值观念、道德准则、思想情操等会对读者产生潜移默化的影响，从而对人的思想品质、道德修养、性格气质的形成发展起作用，再加以诗歌的形象生动、耐人寻味、易记易诵，因而在社会生活中发挥着其独特的教育功能。

在传承优秀传统文化的今天，亟须加强完善青少年思想道德建设。现在教育改革不断深入，新课程标准全面实施，学生中越来越多的"自我主义"等也对班主任工作提出了新的挑战。这些都要求班主任在工作中做出积极的调整和改善，而诗教恰好满足了这些要求。下面结合自身诗教实践，谈谈几点体会。

一、利用教材中的诗歌作品，细雨润物无声

子曰：“小子何莫学夫《诗》？《诗》，可以兴，可以观，可以群，可以怨。迩之事父，远之事君，多识于鸟兽草木之名。”从小学习、诵读一定数量的古诗文，有利于增长知识，陶冶情操，加强修养，丰富思想，认识世界；有利于培养对语言的感受、领悟能力和想象能力；也有利于提高语言的表达能力和鉴赏、审美能力。我国是一个诗的国度，千百年来留下了浩如烟海的古典诗词。语文教材中选录了一定数量的名篇，这些作品内容健康，积极向上，格调高雅，朗朗上口，易于接受，是诗教的好材料。青少年时期是人一生中记忆力最强的黄金时期，所以语文教师要激发学生诵读古诗词的兴趣，引领学生在中华民族文化宝库中畅游，非语文教师也要背记一些耳熟能详的名作，必要时随手拈来，脱口而出，更能做到语惊四座，收到奇效。

二、通过赋诗填词凝聚班级，激励学生上进

“泻绿流丹画笔工，一山佳绝此亭中。驾云驯鹤逍遥去，斜倚孤松向晚风。”（《题爱晚亭》）“一脉溪流

润万英，朱张毛蔡递垂名。遍寻天下精华地，最爱湖湘颂雅声。”（《题岳麓书院》）这两首七绝本来是我讲诗歌时的下水之作，诗中描绘了爱晚亭美丽的自然风光，歌颂了岳麓书院深厚的文化底蕴。没想到诗一讲完，同学们强烈要求我带他们一起去“颂雅声”和“向晚风”。于是引出了一次红叶诗会，进而引出了一组我和同学们创作的关于岳麓山的诗歌。2007 年 12 月初，岳麓山红叶纷飞，“红枫节”拉开了帷幕，我和学生一齐上岳麓山登高望远赏红，并成功举办了“红叶诗会”，赢得社会的广泛好评。在《水龙吟•记红叶诗会》中，我热情洋溢地描写了这次诗会：“清风峡里清风，沁心润物舒清思。赏红岳麓，青春恰是，当年意气。爱晚亭前，夭桃影里，莘莘学子。正浩歌游乐，高吟妙对，漫赢得、人凝睇。不慕兰亭盛会。慕知音、偕行冬季。前程无限，不应辜负，江山万里。驯鹤归来，似前名院，似前流水。摄红枫笑靥，他年相叙，慰平生意！”当我激情满怀地诵读这首词时，同学们笑了，接着是掌声响起来，此时我意识到，同学们已经在感情上和我产生了共鸣，心灵在和我一起跳动。这次诗会，使同学们眼界大开，对长沙这块物华天宝、人杰地灵之地有了更多更深的了解，同时油然而生一股秉承先人遗风、热爱湖湘济世安邦的豪情。弘扬湖湘文化，培养热爱乡土的感情，是热爱祖国的前提，也是我们教育工作者义不容辞的职责。同时，这次诗会很好地凝聚了班级，使班级氛围更加和谐团结。之后，同学们把诗会的图片和诗歌作品张贴在墙上，以记住这次青春的足迹。学习之余，抬头看看，细细品味，心头自会升起一股浓浓的暖意和诗意。

三、引导学生关心时事，对接巧妙无痕

我国诗人历来有强烈的忧国忧民意识，白居易说：“文章合为时而著，歌诗合为事而作。”陆游说：“位卑未敢忘忧国。”范仲淹则更是明确提出要“先天下之忧而忧，后天下之乐而乐。”“不学诗，无以言”，一个对社会现实漠不关心、过分看重自我的人，是不可能有什么大作为的。有一部分学生过于自我，心胸不开阔，要求别人的多，社会责任感淡薄。“国家兴亡，匹夫有责”，长此以往，“为中华之崛起而读书”从何谈起？所以每一个学生都应该积极入世，为社会、国家尽自己的微薄之力，而这，首先要从关心国家大事做起。“嫦娥一号”探月卫星发射升空并绕月成功之后，我立即组织班上学生对此事进行讨论，大家都非常兴奋和自豪，总结了“嫦娥一号”发射成功在政治、经济、军事、科技乃至文化领域的重大意义。最后，我

满怀激情地朗诵了自创的《满江红·“嫦娥”奔月》：“折桂蟾宫，凭谁力、畅游无极？望浩瀚、星云散尽，一天秋碧。千载神言终幻影，而今传递真消息。对荧屏、把酒祝嫦娥，青衫湿。难忘昨，西风逼；曾经受，强梁殖。罢百年魔舞，奋心何急！壮思应嫌清夜短，欢娱不觉东方白。待来日、桂魄竞风流，舒神翼。”一方面表达了“嫦娥”奔月成功之后内心的喜悦和激动，另一方面引导学生不要忘了曾经的百年耻辱，只有铭记历史，将成功的喜悦转化为学习的动力，发奋图强，振兴中华，才能在激烈的世界竞争中立于不败之地。

四、借用诗教密切师生感情，教会学生做人

国学大师南怀瑾在《论语别裁》中说：“诗教并不是教人作一个诗人，……要懂诗，透过诗的感情以培育立身处世的胸襟，而真正了解诗背后的人生、宇宙的境界，这才是懂得诗的道理。”有条件的师长可以像革命老人徐特立那样，针对学生的实际问题，自创诗歌对他们进行教育。这种教育方式生动活泼，直指学生心灵，很受学生欢迎，只要运用得法，对他们的身心健康，个性发展必将产生重要影响。2008 年 3 月 11 日，我习惯性地打开校园博客，发现了一个网名为“凌云子”的游客的留言：“姚老师，您肯定不记得我

是谁了。这篇《旧瓶装新酒，诗教最风流》（我写的另一篇诗教论文），彻底将我感动了。好几年过去了，我已经大学毕业，已经长大成人走向了社会，在这一瞬间却想起了当年教室里的琅琅读书声，想起您在黑板上写的那些诗句，也想起冒雨骑车游山一路上洒下的笑声。当年，实在是太年轻太年轻了，不懂您的苦心，也不懂自己的轻狂。直到如今，经历了太多，才知道那种恰同学少年的浪漫，已经永远不可能再回来。如今，我在物欲横流的社会里摸爬滚打，在尔虞我诈的职场里艰难前行——这一篇《旧瓶装新酒》，又让我看到了清纯而又文学的那个我。这几首诗我依然记得，那是我的同学们的佳作。但是，现在我几乎已经忘了诗词，几乎已经忘了那些清高与雅致，只有姚老师您，还在一如既往地坚持着自己的人生哲学，以诗育人。美好的事情只有等不再拥有，才发现它珍贵无比。祝您一切都好。”这个“凌云子”我已经不记得他是谁了，但是他却依然记得我的诗，我们的诗，依然保持着对诗歌的记忆，这令我非常感动。以诗育人，如春风化雨，润物无声，可以引导学生学习做一个纯粹的人，高尚的人。诗歌的教化作用可能不会立竿见影，但是却能潜移默化，入骨入心。

五、经常开展相关诗词活动，建设诗香班级

在学生掌握了一定的古典诗词写作知识，亲身经历了写作实践之后，将开展诗词活动常态化。在教室前面黑板左边专门开辟“诗词苑”，即兴发表学生诗作；举办诗歌朗诵比赛、诗词原创比赛、各种诗会、诗词沙龙等活动发现和培养班级管理人才；独创用诗词记录班级日志的做法，班级管理获益匪浅；把同学们平日零散创作的诗词结集，珍藏青春的记忆，让高中生活成为永不褪色的心灵底片。

除了直接开展诗词活动，还要利用活动的后续影响进行教育。2009 年 1 月 20 日长沙晚报以《整班理科生爱上填词赋诗》为题，用半版的篇幅报道我班自编诗词集《诗坛鹤啸》一事，产生了强烈反响。之后，新闻被新华网、新浪网、中国新闻网等大小几十家网站转载。《学生·家长·社会》2009 年第七八期也以《诗坛一声啸：理科生也风流》为题报道此事。2009 年 2 月 15 日长沙晚报知名栏目《你说话吧》以“整班理科生爱上填词赋诗”为由头，邀请我和我班十名同学，参加在我校举行的第 153 期《你说话吧》讨论，就“取消文理分科，你赞成吗？”这一话题展开了热烈讨论。

这一系列的与诗词有关的活动，让我班洋溢着诗香，学生的才能得到锻炼，才情得以张扬，班级荣誉感空前增强，传承传统文化的历史责任自觉上肩，凸显了当今青春学子的风采。

诗教涵养了学生的情操，学生通过吟咏创作，找到了安身立命之所在；诗教浓化了班级文化氛围，提升了班级的品质。当然，诗教对教育的实施者和接受者的素质也提出了更高的要求。只要和其他教育方式有机配合，诗教便能在万紫千红的满园春色中独占一枝，显示其独特的魅力。“入椒兰之室，久而不闻其香”，在诗风的熏染下，学生也会“腹有诗书气自华”，性格、气质、思想、情感等渐渐发生积极的变化。我相信，随着时代的进步，诗教的光辉必将把更多学子的心灵照亮。

目录

五　律

古体诗 097

词 117

文赋 191

格律诗

五 绝

塞下曲

边关烽火急，壮士征尘起。
长剑驱狂胡，直平天竺垒。

冰雕连

万里白无垠，衣单和雪吞。
沉沉长伏夜，凛凛刻军魂。

中国人民志愿军灭北极熊团[①]

长驱新兴里，誓将穷寇追。
前方拦击旅，已报夺团旗。

---

① 北极熊团：美军步兵第7师第31团，是一支精锐部队，因第一次世界大战期间在西伯利亚战场取得卓越战功而被授予“北极熊团”称号。

题飞来石

拾级霭云开，幽人临丈台。
凡心如得定，不慕石飞来。

古麓山寺弥勒殿前

鸟啾花瓣落，轩亮阁楼空。
一缕禅香处，清凉自在风。

咏桂花

中秋已过半月，夜晚路经省府，花圃边那棵桂树，依旧沁香幽幽，惹过客狂嗅，于是余有叹焉。

冷露结真香，花开引客狂。
春风虽误我，今我靓秋光。

秋日感怀

欲消愁未得，却笔上高台。
始晓秋风意，吹霜入鬓来。

寻隐者不遇

天门寻隐者，近寺绪无端。
空仰高山上，松风入袖寒。

题老年夫妇相扶过马路照

阑珊静市声，忽忽有经营。
惜取当前路，相扶慢慢行。

海棠公园口占

春水满塘碧，蛙虫潜石鸣。
踏看风染得，心许与鸥盟。

题岳麓山印心石屋石刻[1]

其一

御笔刻高峰，湘才发此踪。
纵横功已就，犹忆语从容。

其二

御书摹梓乡，临顶瞰长江。
久慕印心石[2]，何能酬伟邦？

---

① 印心石屋石刻：位于登临云麓峰石径右侧的一块石刻，清朝道光皇帝为时任两江总督陶澍题写“印心石屋”四个大字，陶澍将其摹刻在此。陶澍（1779—1839），湖南安化人，清代经世派主要代表人物。

② 印心石：陶澍家乡江中一块形似官印的巨石，当地人称为印心石，陶澍幼时便把自己的书房取名为“印心石屋”。

志愿军攻克汉城

一

路遥风赛冰，皓月照南征。
子夜人皆寐，麾师指汉城。

二

白袍冰雪堆，枭鸟正盘飞。
但为追穷寇，天兵犹未归。

三

飞越寒津水，崩摧铁甲营。
争冲烽火里，旗帜插韩城。

七 绝

见照思乡

见同事东明所摄家乡溇江照，即思溇中莼鲈矣。

云白山青一水涵，溇江风景别难堪。
寄言莫问鹰[①]归未，夜夜萦回十里潭。

咏菊

静伫东篱叶未颓，清高何必众芳陪。
殷勤昨夜披金甲，笑战西风又一回。

---

① 鹰：即张翰，字季鹰，西晋人，因秋风起后想念家乡莼鲈之美，弃官回乡。

伟人诞辰日值初雪诵《雪》词

雪满湖湘纪诞辰，捧词长诵白无垠。
当时万丈龙吟气，犹壮今朝追梦人。

题爱晚亭

泻绿流丹画笔工，一山佳绝此亭中。
驾云驯鹤逍遥去，斜倚孤松向晚风。

过爱晚亭

一至亭前境界开，飞檐碧瓦靓高台。
清风峡里长流水，曾照书生[①]探路来。

---

① 书生：即在一师读书时的毛泽东，他经常和同学们在爱晚亭里探求救国救民之路。

秋日至爱晚亭

又向寒山石径行，依然爱晚咏前坪。
一沟红树秋将尽，时有清风振我声。

题岳麓书院

一脉溪流润万英，朱张毛蔡递垂名。
遍寻天下精华地，最爱湖湘颂雅声。

傍晚洋湖看花

平生耽误在心痴，自入洋湖恋慕之。
傍晚看花君莫笑，一花如月看多时。

湖南省植物园赏樱

春雨春工着意调，樱花如海看如潮。
无端散作南天雪，欲与江山洗寂寥。

冬日至巴溪洲

大江作墨樟为笔，画出洲边冷翠微。
快意凉风牵苇话，扑腾留鸟逐霞飞。

杜甫江阁

湖湘重义倩君留，北望中原满目愁。
阁外长江吟日夜，少陵曾此系行舟。

登高望乡

月夜望乡，乡在西向，湘水北流，有感而作。

倦鸟归林栖夜月，云烟霭霭独登台。
潇湘不是西流水，清绪随波去又来。

1997年7月1日夜

维湾飘起五星红，压抑百年侵辱终。
大可激扬南海雨，力将尘洗换新风。

咏毛泽东主席

山川奇气一人钟，睥睨风流魄最雄。
击水青年豪气在，曾浇澄碧洗长空。

咏《沁园春·长沙》

独立苍茫作叱咤，从今束发诵长沙。
苏辛胆魄空前壮，也叹胸襟几许差。

咏戴望舒

天教多情列俊流，又从文字带温柔。
可怜屡任孩儿性，辜负芳心几度秋。

咏《雨巷》

雨伞撑来一巷愁，丁香空结恨难收。
纵挥才子生花笔，落入风情总是柔。

咏徐志摩

俊才逸出着情魔，故事皆因剑桥波。
一旦风流云散尽，令人空叹泪娑婆。

咏《再别康桥》（通韵）

步履轻轻别彩云，依依青荇柳如金。
放歌不得寻新梦，缘是因诗醉美人。

咏艾青[①]（通韵）

天命生来克两亲，寄人未若善修心。
君观大雪封牢日，不念亲恩念乳恩。

---

① 艾青（1910—1996）：出生于浙江省金华市金东区畈田蒋村的一个封建地主家庭，自幼由一位贫苦农妇养育到5岁，1932年在狱中写下诗歌《大堰河——我的保姆》，一举成名。

咏苏武

落尽节旄日月长，苍苍北海朔风凉。
人当信义如苏子，勿使牧羊成慕洋。

书李密《陈情表》后

下泪千年推此文，个中曲尽苦辛陈。
唯公修得两全法，不负君来不负亲。

九日登高

山描青黛染香腮，江带苍茫舞练来。
逢节每生桑梓想，劲风吹我上高台。

清明（通韵）

楼高风骤市无声，窗透微寒几点灯。
且寄心思听夜雨，一书一咏过清明。

与学生杨建重逢（通韵）

别后茫茫十四年，一开微信畅通联。
南风有意催鹏聚，夜话披襟把酒欢。

夜雨偶得

少年饮酒气纵横，高咏江干满座惊。
今却不知樽那处，长听夜雨弄箫声。

贺岭南诗社直属花城分社成立

岭南新放一枝花，香远神清见者夸。
喜看根深繁茂后，风姿独秀比谁家？

偶得

非从劫外认恒沙，但自心中赋有涯。
鲜艳光明因我在，春风一路拂春花。

偶得（与上首反立意）

甘从劫外历恒沙，难在心中赋有涯。
明艳如斯成蝶梦，秋风扫尽旧时花。

咏木芙蓉

四时各有画工妍，今到芙蓉压万般。
沐露占空姿态好，舒心含笑当风看。

元旦书怀

一曲新词借酒张，待歌鹏路顺初阳。
妙传生意黉宫里，静映繁花醉墨香。

叹椰子饭

沦落江南鱼米乡，锥钻刀砍变形相。
纵然遗我千金价，不把残身共膏粱。

端阳思归

离乡一十五端阳，买粽年年无粽香。
虽美鲈鱼秋未到，不如归去夏天长。

端阳归家见紫薇盛开

我家手种紫薇树，才近端阳已盛开。
不是彰明颜色异，开眉笑接故人来。

咏紫薇

人夸霜菊种篱东，冷热逼煎何不同？
万国蒸腾如焰里，入秋犹缀满枝红。

晨起闻鸟口占

静卧高楼炎夜长，天涯蒙昧透晨光。
几声啼鸟啾窗外，浑把他乡作故乡。

公园初夏

湘府公园学府东，榴红万点映苍穹。
阴阴高木随时得，处处鸟鸣初夏风。

步行即景

星城八月厌天晴，花树蔫头鸟不鸣。
忽见中空乌色合，晚风送雨作潮声。

夜行闻琴

玉宇华灯遮秀堆，小园幽处独低徊。
正思千载舞清影，适有琴声透树来。

中秋前夜

月隐节前灯射云，连天绵雨带凉新。
万家推户争抬望，浩宇何时转玉轮？

中秋即景

屏间欢会九州同，屏外随歌上碧穹。
月隐今宵清赏好，市光脉脉夜杯中。

讲台述怀

平生自号爱诗君，树蕙滋兰至善熏。
不要人夸文采好，只教鸿鹄上青云。

椿[①]木烤火架

天气渐冷，需烤火暖身。托岳父母在老家定制椿木料的烤火架，今已捎来，并咏。

椿木邀工巧制新，远捎百里展无尘。
他乡亦有千般暖，偏爱香温最上身。

① 椿：椿树，老家常见树种，木有清香。

秋塘

芳容不见绽桥头，碧叶依然卧水流。
一片清愁谁与画？半塘夏意半塘秋。

公园早行

小径曲栏随咏行，长天映水合空明。
晴光才洒隔塘岸，偶越时禽三两声。

园东榖

榖叶犹青榖实红，地凉鸟憩小园东。
不材奚至凌云木？留去当时一念中。

草中莲

袅袅风铺伞盖张，粼粼水面溢秋香。
已生姿色千般好，争及野茅身广长。

公园秋夜

月悬西陆碧空清，灯影楼台照水明。
暗浸凉风吹不尽，一宵促织织秋声。

雨中护鸟口占二绝

路遇一大鸟，因为雨淋，几欲腾飞不得，徘徊于足前。遂将其引入树丛草间，以防毒镖之手，并使其可待机高飞也。

一

不觉江南细雨霏，心高身重却相违。
我今与汝伸援手，只及晴时振翼飞。

二

天际翱翔瞰泡浮，雨丝缠翼落前头。
须防路畔拿镖手，飞不逢时总是忧！

题阳台三角梅花二首

一

有主殷勤移上台，阳光借得倚栏栽。
凉秋为报先生遇，一夜花开似蝶来。

二

高阳台上碧枝芃，几朵鲜花点缀中。
相看一隅颜色好，秋窗吹入似春风。

橘洲雨中寻梅二首

一

寻芳久不到湘滨，连日雨飘寒气逡。
莫道开春无好色，洲头早立看花人。

二

几枝红淡出虬身，犹缀真珠照水匀。
寂寞小桥风雨里，橘洲长看早精神。

看紫薇花二首

一

去岁看花花满柯，枝枝摇曳在心河。
今年炎胜紫红少，较昔怜之却更多。

二

紫枝明艳似花衾，奇骨适秋开至今。
羞道痴心前日咏，算来性急误君深。

橘子洲头瞻仰青年毛泽东雕像有题三首

一

雄姿俊逸壮洲城，望岳临风慕伟行。
长伫琼楼高阁里，一江日夜碧涛声。

二

人潮迤逦伴江潮，举目唯瞻万代骄。
一阕《沁园》惊四海，豪情伟业共天高。

三

独立寒秋仰目看，霜风不改旧时颜。
当年万丈龙吟气，已壮神州天地间。

秋日偶得三首

一

曾经逐梦客天涯，辗转舟车处处家。
霜染青林休悔晚，西山方映火烧霞。

二

有诗戒酒天真趣，哪管萧萧木叶催。
且向阳台花草理，赋成愁散对茶杯。

三

时赏名花堪作主，偶吟佳句或惊人。
秋风吹得何郎[1]老，何计吹黄不老神？

---

① 何郎：典出《世说新语·容止》，称赞长得帅气的人。

步行途中三绝句

一

又临湘府繁阴处，深淡高低错碧枝。
一路熏风飘瘦雨，已非年后看花时。

二

白白香香已作尘，深深绿绿眼前真。
长廊尽处横柯下，独立当时醉蕊人。

三

叶叶清圆雨后娇，枝枝飒爽向天描。
春风染我两斑鬓，布谷声中过小桥。

劝人三首

一

勿把人为当己过，气伤肺腑病生多。
平时竟奉为真理，事到临头莫奈何！

二

人忧却是前因苦，我错曾归好意过。
何计消除千障孽，得真自在出娑婆。

三

说人容易自行难，衰病怜怜何眼看。
未若池鱼游且乐，是非不语甚康安。

西湖三咏

一

诗赋满天堤已名，才人当自发新声。
南屏为纸水为墨，重写西湖雨或晴。

二

炎腾万国似洪炉，暂得清凉小旅途。
可看白堤栖脚处，绿杨阴里钓西湖。

三

时临大暑暑难消，纷至西湖从路遥。
同喜晚来云似墨，一宵风雨作江潮。

桃花岭四咏

一

桃岭遥临画一绷，湖光草树逐层清。
谁挥昨夜春风笔，水墨江南悄写成。

二

岭上桃花散入尘，杜鹃连片正相亲。
长看湖水滋山碧，老子迟来意思真。

三

嘬口吹呼学鸟鸣，林间和我两三声。
若今只个新交接，探取湖山与尔盟。

四

千树新枝似染金，两三莺语出繁阴。
诗心尚在花何在，但对空潭静影深。

乌镇四咏

一

水绕乌村深巷闲，运河斜日接山边。
南花桥下清凉处，尚剩斯人吟柳前。

二

未临乌镇先攻略，两栅网言游不酣。
借问村人何处好，南花桥下再偏南。

三

平生最爱是行吟，今次福昌南处寻。
老宅铜门斑驳在，石桥深巷尽吴音。

四

客栈依稀余旧尘，桨声欸乃小河滨。
莫言往日多漂泊，我亦东来逐梦人。

昭山[1]四题

读张君建斌《南望昭山》，心仪甚久。寻得一周末，携友畅游。时天大雨，至则雨歇。于兹攀古磴道，伫伟人亭，参禅古寺，饮渔家船。归而赋之。

引子

南望昭山些许年，而今飞到水云边。
天公亦感新停雨，为我吹来一叶扁。

一

吟啸长歌对大川，伟人亭念笔如椽。
老夫胸次值挥洒，目尽平江万里天。

二

寂寞昭山秀霭烟，繁荫古道草芊芊。
幽人特此寻芳地，参得浮生半日禅。

① 昭山：位于长沙城南20千米与湘潭交界处，北宋大书画家米芾据之绘《山市晴岚图》，“山市晴岚”为潇湘八景之一。

三

一瓣心香但蕴虔，亲聆古寺为开权。
山风飘袂钟声里，清净虚空袅袅烟。

四

江上清风好午眠，醒来正待脍新鳊。
知心随意茶当酒，日暮何妨在客船。

栾花五咏

一

遥看碧玉间飞霞，近赏神清容亦嘉。
摄取艳姿疑不释，欲知芳籍是谁家。

二

秋雨侵凉入瘦怀，鎏金城路巧工裁。
才看碧树佛光现，又觉锦云天上来。

三

西风淡沐沁幽香，金雨丝丝添月凉。
草木堪怜摇落里，诗心静对一枝黄。

四

金华赤果静铺张，千段彩边澄碧镶。
树树锦衣霜染出，秋光何处让春光？

五

历看百花争艳忙，休言成败费辞章。
锦衣树树沾霜出，始信秋光亦佛光。

论诗六绝句

一

新诗写罢自开心，何况些斟并浅吟。
徒仰高山无载酒，静听流水有知音。

二

泉涌不妨多倚马，才枯岂可笑江淹。
人间无处无诗意，日月山川掌里拈。

三

写诗不用太思量，打破陈词搁一旁。
吾见吾闻吾所想，从心而出大文章。

四

诗家新语贵真心，气韵浑成远苦吟。
本乃茶余消遣事，一经用巧妙何寻？

五

不才自爱咏天真，偶尔平平偶尔新。
少论短长恩及我，多拿青眼示于人。

六

人间无处不呈诗，风月江山未竟时。
会意多从他处想，婉柔豪放两由之。

题好友傲娇如我所发校园银杏树照

茫茫天际变风云，冻雨侵人格外殷。
唯有杏坛真汉子，傲娇如我发清芬。

寒夜看银杏

金甲犹披撑夜穹，往来行者疾如风。
相知不论早和晚，傲立寒凉与子同。

咏蓝雪花

凭栏窈窕弄新簪，一夜秋风开正酣。
许是相思倾不尽，便将六出兑成蓝。

中秋忆父

桂飘日夜满庭香，橘坠枝头渐显黄。
环顾欲言无瘦影[①]，秋风吹得透心凉。

江畔写意

叶碧柚黄摇飒风，水长天阔点飞鸿。
谁人却似任公子，江畔抛竿独钓中。

① 瘦影：借指父亲，身体瘦弱，喜欢橘子和桂花树，于2022年中秋后七日去世。

题李自健美术馆

美画诗眸相对怜，江南异域竞华筵。
清流涤荡开胸壑，也学童心题玉笺。

不走寻常路

偏向名山寻野径，一花一鸟总关情。
由他大道人如海，我自放歌舒啸声。

赠友

心怀随夏转葱茏，溽暑难消酒几盅。
午后天霖凉似水，知君为我送清风。

榴红

岭上繁花次第开，当时心事凭谁猜。
廿年散去风烟净，一树榴红添梦来。

夏日心情

熏风吹得紫薇开，几鸟时鸣高树台。
遥望长潭山水净，白云一片日边来。

论洗心

水是心来山是身，浮生若幻幻曾真。
何须反复将心洗，心上花开不染尘。

到天山天池

碧水浮云玉雪峰，清凉山色北疆风。
我行处处有高咏，马踏天山各不同。

过桃花溪电站

门锁千阶隐见苔，桃花落尽刺花开。
水流何处似闻响，一壑青苍向脸来。

登星德山

摩天登顶豁吟怀，万里澄空净世埃。
人是山峰云是友，清光潇洒照心来。

题东山书院[①]

蛙声句句满书堂，览尽书香草木香。
池水不存高唱影，春风吹过少年郎。

步行遇暴雨避于园亭

闷雷隐隐雨倾盆，长路如河脚讵伸？
交响焰光充眼耳，暂凭亭柱作闲人。

---

① 东山书院：原为东山高等小学堂，是少年毛泽东出韶山冲后的第一站。

鹅洲寻秋有怀

鹅洲形神皆似老家门前大洲，今天与妻迎风沐雨前往一游，尽赏蓼花之美，乘兴作。

鹅鸣洲上野人家，微雨新滋湿蓼花。
片片浅红堪慰旅，但因相似在天涯。

早秋

凉秋雨至未添衣，木叶飘飘云压低。
留鸟不知时节序，依然自在曲栏啼。

秋夜杂感

湘江北去雁南飞，一曲梅花落月辉。
自入秋来人易醉，沁园词好不如归。

银杏

独沐西风叶未颓，清高何必众芳陪。
殷勤昨夜妆金服，潇洒人间又一回。

学生于银杏叶书签上手绘山水图赠我，感赋

金风吹落一栏秋，巧手妆成惊众眸。
闻道南窗山水意，清嘉与我伴优游。

迟开桂花

心意渐同秋意清，西风飒飒雨声声。
窗前迟桂香如故，不为外来改逸名。

傍晚看迟开桂花

独步看花心静凉，幽幽缕缕发天香。
莫言往岁花开早，迟暮开时韵更长。

又授《长沙》词告新生

自读伟词心已痴，惊人事业授君知。
秋风高举方遒梦，又到青年独立时。

暑期逢时疫封控，为战疫情志愿值守偶赋

绵延村路断人行，高树几蝉连聒鸣。
忽有江风来送爽，因吾要看母潭清。

过沿江山

独立沿江认五龙，依稀龙捧紫霞东。
九湾浏水唱犹在，方染新村烟雨中。

电动风筝

呼风张翼舞苍穹，人恐鸟惊如响弓。
忽地一头栽下去，原来线脱掌心中。

自嘲

平生默默读书深，几度雄文几度春。
剩有头条堪重我，于今封号作诗人。

逛今日头条有怀

晃荡头条七百天，粉丝踯躅未临千。
愧吾无暇迎诗友，幸有佳诗胜去年。

绘诗友“金沐尔”视频意

海天一色风烟净，隐隐沧波见不平。
我有长竿今制就，赠君骑翼钓长鲸。

绘“清凉的诗意孵化器”诗友视频意

平生自爱咏湖山，一碧茫茫隐去帆。
无限夕阳清影里，逢君时话水云间。

嫦娥五号

炼成灵药逐新梦，不负梳妆励十年。
一去故园千万里，采将月壤到人间。

公园见老奶奶带孙吹葫芦丝[①]两不误（通韵）

湖光秋日两相和，老妪棠阴宝宝车。
咿也时同箫语响，风传一路幸福歌。

春回母校

湖海归来廿八春，梦中楼阁几时新？
木兰路上花如雪，未映当年花下人。

秋回母校

湖海归来廿八秋，樟园信步思悠悠。
遏云山麓琴何处？但见新颜上庚楼。

---

① 葫芦丝：别名葫芦箫。

瞻毛主席故居

上屋场中移步迟，远来但为一生期。
水塘不鉴孩儿影，耳畔犹闻言志诗[①]。

毛主席故居卧室油灯

寂夜长明一点灯，案前不倦照书生。
文章初启恢宏眼，伟格从兹始养成。

咏国歌词作者田汉

著文兴汉一生情，铁槛囚歌载义行。
更向胡儿炮火里，唤将血肉筑长城。

---

① 言志诗：1910年秋天，17岁的毛泽东前往湖南湘乡县立东山高等小学堂求学前，改写了一首七言绝句，表明决心："孩儿立志出乡关，学不成名誓不还。埋骨何须桑梓地，人生无处不青山。"

题西园杜心五[1]故居

西园旧处屋椽新，侠士暮年藏此身。
欲问里人图国事，往来不晓自然门。

凭栏北望

千里湘波滚滚流，凭栏北望思悠悠。
江山壮阔与谁问，空惹男儿万古愁。

湘江岸绝句

桐树阴阴拐枣花，陂塘时鼓两三蛙。
田园漾在水天里，一岸风情似老家。

① 杜心五：湖南慈利人，著名武术家，自然门一代宗师。

庚子春日宅家偶感

英雄然诺出星城，遥望云山总动情。
料得昔时熙攘处，繁花早已绽无声。

临江有怀

伫立江干望碧流，豪情飞上橘洲头。
劲风卷起连天雪，似唱声声天下忧。

公园讴者

公园讴者发苍苍，独坐方隅纳树凉。
不觉往来倾耳听，《母亲》一曲断人肠。

游园即兴二首

一

越桥寻过小池塘，已有秋风拂叶黄。
最是无情泉里水，随波日夜下潇湘。

二

道旁新蕊不知名，驻步细观无限情。
正是秋风摇落日，向天朵朵举无声。

秋至二首

一

秋至星城自不同，洲头未见麓山红。
台风远历余威在，半是晴来半是濛。

二

秋至星城自不同，阁中朝夜快哉风。
龙吟长对北流水，十里江堤多紫红。

望云朝山二首

一

遥望岩峦各自奇，势如回马疾旋驰。
等闲挥舞春风笔，写遍千峰千首诗。

二

世事年来多寂寥，漫将块垒向天浇。
湛清一色净无垢，且许云开引我朝。

赠高三学子二首

一

鸿雁高飞心有梦，书生勤读路无涯。
高三拼搏已开幕，晚沐星光踏早霞。

二

人生能有几回搏，得失非言少与多。
热血张扬降虎志，归来同唱大风歌。

屈湖月色三首

一

楼台灯影碧波间，静夜升桥到室轩。
如水清光长照处，小鹏习羽正图南。

二

澹澹一湖明月光，凭栏不觉起沧桑。
长看太白桥边柳，黄了又青青了黄。

三

又乘霜露立中宵，慕白风神爱楚谣。
虽是夜阑人散去，清光染鬓自妖娆。

题“湘江夜话”[1]雕像三首

一

西域筹谋夜话深，汤汤流水奏清音。
鲲鹏幸遇大风助，方慰多年隐忍心。

二

江水滔滔夜色朦，舟中对答两融融。
读书经世方为道，豪杰从兹建伟功。

三

忘年夜话解千愁，欣把安疆重任留。
代谢相承非易事，况因侵乱与金瓯。

① 湘江夜话：民族英雄林则徐和左宗棠在湘江一条船上的夜谈。

秋游昭山四首

一

一山嘉树始描红，磴道延牵古寺中。
凌顶尽收天地廓，丈夫襟抱岂相同？

二

金辉滟滟逐新晴，寒树苍崖透梵声。
拾级三千云路上，绮霞万丈欲铺成。

三

攀临极顶暮云开，四面清嘉舒我才。
举目遥看天接水，一艘巨舰劈波来。

四

故地重游兴感深，一山一寺总关心。
平生襟抱君知我，异日携樽再鼓琴。

游海南东坡书院四首

2011 年初，余因事至海南儋州，得观久慕之东坡书院。海风拂面，圣迹依稀。坡仙似乘风而来，相晤载酒堂前。归而赋。

一

一去天涯作故乡[①]，诗心随赋自疏狂。
至今海岛更长念，郁郁文开载酒堂[②]。

二

载酒堂前来海风，春工渐与染桃红。
杨花漫似故园雪，难却黎人陌上逢。

---

① “一去天涯作故乡”句：苏轼居儋3年，和当地人民结下了深厚的友谊，曾发出“他年谁作舆地志，海南万里真吾乡”的感叹。

② 载酒堂：东坡开堂授课、雅集吟咏的场所，建在当地士人黎子云兄弟的园子里。《琼台纪事录》载：“宋苏文忠公之谪儋耳（即今儋州），讲学明道，教化日兴，琼州人文之盛，实自公启之。”

三

陌上逢君延至家，对谈野老沏清茶。
海风送暖寻春出，看取天涯第一花。

四

桄榔遗迹[1]复修新，堂里高谈远不伦。
花树千年多变换，我徒遥想慕斯人。

① 桄榔遗迹：即桄榔庵遗址，是东坡初抵儋州时，当地人用桄榔为他筑的茅屋式陋居。

五 律

过古麓山寺

台前凝古寺，高阁隐群枫。
识道心经处，闻香石磬中。
鸟飞山涧澈，日出霭烟空。
回首纤尘远，安禅习大雄。

长沙县白鹭湖

平生潇洒事，浅咏对湖山。
波静鸣归鹭，岗重隐去帆。
时栖晨桂里，偶话暮云间。
人世梦方觉，长听流水潺。

江畔

滩头潮水平，春草蔓郊生。
独钓云天碧，遥迷山晚晴。
大江流日夜，壮韵动星城。
谁伴蔷薇老，无人问姓名。

回母校感怀

回母校，访故人，往事如烟，对酒相怜。感池边手植之树，枝粗已似握拳矣！

亭修吾去后，铃响汝来前。
过院听新语，随芳寻旧烟。
游廊名忝列，对酒体堪怜。
忽见池边树，枝粗似握拳。

高考阅卷逢故友并重游母校

红楼温旧梦，绿树倚新莺。
冷暖十年昧，穷通一眼清。
酒酣桥晃步，弦响水飞声。
明日湘江道，依依湿杜衡。

夏日偶得

夏来诗意去，江上满余晖。
久旱盼盆雨，权凉向尺矶。
莲开人已散，鱼歇水相依。
谁个轻音诵，风中送采薇？

听雨偶得

掷笔伤淫雨，斜依梦踏莎。
老墙侵渍重，新绿挂藤多。
风起邀斟酒，潮来待劈波。
有心支病体，窗外又滂沱。

我之签名诗

耕田细水边，凑韵大山前。
久洒一园树，才吹半晌烟。
豆油担屡卖，词谱买难填。
偷得闲余日，摇摇野老船。

教书偶得

久隐西园北，辛勤磨血归。
韶华生上有，美鬓镜中稀。
大道贯今古，微吟念草扉。
长风犹浩荡，吹我短歌衣。

衡山夜行

夜上衡山，漆黑不见五指，禅寺却隐而未见。

夜上衡山寺，徐行复浅吟。
凝崖空辨字，掬水自听音。
寂路牛禅意，清风无我心。
萤光虽渺远，漆黑不沾襟。

夏至即景

夏来乔木茂，渐觉紫薇香。
鱼戏池中影，虫爬叶上光。
闲人行路久，浓盖奏琴长。
桥底藏何物？慵鸣大石旁。

绿道早行

晨闲绿道行，飒爽为芳萦。
花落稍铺地，枝连半隐城。
竹阴仍夏色，石籁恍秋声。
长啸清凉世，依稀见野苹。

咏蝉

高占茂枝晴，逢时发热声。
百虫藏亦躲，众鸟慕难争。
忍耐阳光逼，听凭地气横。
此中需了意，莫使负嘈名。

咏园中虎

低吟千兽恐，开步动林风。
本让成豪杰，谁知困狭笼？
头余王者气，足踏害人虫。
一旦时来去，扬威天地中。

相机当枪械

叙利亚难民女童误将记者相机当枪械，举双手“投降”。

烟尘侵赤地，造孽虎狼多。
壮士装长炮，儿童识短戈。
昨消营里哭，今起墓边歌。
看镜举双手，惊弓奈若何？

观老弟象鼻嘴照片

忆昔少年时，挎刀上翠微。
斩荆同劈路，挖蔸共攀枝。
草蔓我离后，风迎君到迟。
还须望假日，约看一山奇。

张家界大峡谷玻璃桥

问谁天上步，今我亦云仙。
心旷踩高树，身轻凌老鸢。
遥怜神水激，近舞猎风旋。
堪似瑶池会，苍茫渺逝川。

登岳麓山

暇日息尘踪，来登岳麓峰。
宫清多剑舞，寺隐数声钟。
流水似天籁，去云牵壑松。
心依望驻此，适可喜吾容。

秋游巴溪洲

闲居思野游，飞驱至溪洲。
边布高枝上，前横大水流。
秋深景尤粲，假短日还柔。
随意长滩步，江天一望收。

中秋金桂树下忆父

中秋节回老家，在父亲手植的金桂树下徘徊良久。时金蕊如星，香气沁脾。今值父亲一周年忌日，归而不得，唯以此诗，遥寄深思。

肃肃北风侵，飘飘下细霖。
四围山远大，一脉水深沉。
花放庭阶净，鸡鸣桂树荫。
欲言无瘦影，环顾泪沾襟。

夏日紫薇

雨休天地明，夏木掩星城。
一树偷描紫，双眸久动情。
有时停雀唱，无计结鸥盟。
顶热不相负，欢怀逐梦生。

谒左公墓

觅寻郊野里，忽见左公丘。
遥念西疆固，深存天下忧。
疾风传意气，高柳证忠谋。
伟绩千秋载，长瞻热泪流。

夜行

华灯明夜天，遮口至园前。
闭户不知日，览春方觉年。
车流归似水，花色褪如眠。
他国疫仍重，徒吟屈子篇。

迟桂花

今年未随律，花伏待时长。
岂觉露霜冷，更添攀顾狂。
晚成同大器，迟绽异凡香。
清丽三秋日，舒芬宜举觞。

长沙四咏用常建韵

一、岳麓山

湖湘风雅处，嵯峨起层林。
道远接天碧，寺幽藏霭深。
过碑先敛履，临顶迟归心。
遥望苍茫水，时闻汽笛音。

二、洋湖湿地公园

洋湖添胜景，曲径绕新林。
花艳春光漾，叶红秋色深。
倚廊栖俗意，掬水涤尘心。
行坐余闲处，相亲黄鸟音。

三、橘子洲

悠哉江渚上，行道掩高林。
梅落春光淡，香浮夜色深。
流波腾焰火，静阁驻诗心。
缱绻壮吟处，长怀绝世音。

四、湘府文化公园

南城多雅地，湘府植芳林。
蝉唱延天碧，鱼欢逐水深。
拳棋舒叟靥，沙画悦童心。
时可赏佳舞，清风吹好音。

七 律

黄鹤楼

倚天照水韵沉雄，赫赫声名诗卷中。
壁画千年黄鹤迹，襟收两岸楚江风。
银涛拍石永无尽，明月随波远极空。
堪笑仙才如李白，当时竟似一衰翁。

东江湖

堪惊筑堰截洪荒，捧出明珠耀粲光。
兴盛长随山起伏，情浓正逐雾低昂。
云天浮舫诗心醉，鱼米开餐柴火香。
不觉湖边风晚冷，潮声一夜涤愁肠。

雨中登滕王阁

停云杰阁入吟眸，风雨遥临意转稠。
擎盖犹奔千古会，攀梯直上万寻楼。
青山明目对闲坐，雄赋开心适远游。
唯有潇潇看不足，且余诗兴逐江流。

游浯溪[①]

依旧浯亭吟碧流，潜心辨石未曾休。
圣书[②]漫漶青藤绕，故迹依稀镜里留。
望断云崖除利字，歌回湘水羡归舟。
山风若记当年语，可共洼前樽[③]酒不？

① 浯溪：湖南省祁阳市的一条小溪，溪边有著名景点浯溪碑林，其中的《大唐中兴颂》石碑以元结沉雄古雅的文字（文绝）、颜真卿雄浑大气的楷书（字绝）和祁阳美石（石绝）被后世称为“三绝碑”。

② 圣书：碑林书法。

③ 洼前樽：石上有洼形似酒樽，唐代诗人元结和忘年故交颜真卿曾相会于洼樽之前饮酒作诗，撰文摩崖。

谒黄兴墓

碑如长剑刺苍穹，仰侠清秋万木红。
武汉事危分弹雨，西园巷窄隐飞鸿。
垂名全仗胆和义，济世无非谋与忠。
细辨铭文频扼腕，丹青无计薄黄公。

忆旧游

云麓宫前忆旧游，朗吟明月未曾休。
青丝缕缕心间绕，桃面依依梦里求。
望尽天涯无雁字，歌回湘楚有扁舟。
清风不解当年恨，又送红枫[①]到路头。

① 红枫：借代，指红叶。

续乐诚老人句[1]自咏

炎夏初收夜气清，楼台灯影碧波明。
披书阅卷三更雨，树蕙滋兰几度晴。
两鬓微霜酬俊后，一怀逸兴唱繁英。
从今莫羡世间士，遍地馨香自在行。

答演琪居士

放翁船上一帆悬，我自披波入楚天。
且舞且歌夸犊力，亦刚亦韧握龙泉。
谪仙难状诗坛事，彩笔新题行路篇。
太古激流尤濯窍，荡开茅塞泻山前。

---

① 乐诚老人句：即首二句。胡元倓（1872—1940），湖南省湘潭县人，长沙市明德中学创始人，著名教育家，晚年自号“乐诚老人”。

橘子洲头有怀

秋寒风劲满江亭，天地苍茫小万形。
要主沉浮担日月，更宣文字起雷霆。
从来事业倚王气，自古英雄刻鼎铭。
高唱虽同流水远，大鹏正越麓山青。

咏雨

曾经沧海汲长虹，无尽河山烟霭中。
裁锦织霞昭日月，摧山坼地唤雷风。
一宵狂洒黎民泪，万载难淘家国虫。
走马扬鞭红湿处，百川正唱大江东。

咏九道湾

舟弃竿抛崖壁攀，绿杨阴里散衣纶。
松声已蔽前村远，云路相通后院闲。
细草摇欢池底水，乳莺啾醒镜中山。
弈棋柯烂仙人石，谁记船横九道湾？

怀屈原

骚歌一曲感君昏，同立香亭沐蕙荪。
岂晓华文千语谏，怎如宠弄万污喷？
郢都轩榭烟飞灭，汨水乡祠自有尊。
先圣身亡魂长在，湖边余韵楚风存。

中秋夜寄友

圆到中天雁度频，樽边高唱可曾新。
三更春雨留前梦，一夜秋风想故人。
露下星河侵玉簟，气冲牛斗奋金钧。
同怀何必伯钟守，明日红霞作近邻。

苏州虎丘

虎去台空草色芳，谁知池底瘗鱼肠？
士藏吴越深恩尽，剑刺王僚杀气张。
侠客万言归紫酒，云岩千载立斜阳。
难明多少春秋事，曾在姑苏藤树苍。

兰亭

书圣风流四海传，兰亭林茂记当年。
三春豪客随觞咏，一脉清波润笔宣。
自古名家堪放浪，从来才子贵天然。
忽临碑上龙蛇迹，撑目披襟更细研。

读报有得

江南大旱，鄱阳湖成万亩大草原，牧歌声起；又闻江豚流泪。

截断烟波世事奇，鄱阳湖底草离离。
不闻鸥鹭翔清碧，讶见牛羊嚼翠帷。
千里旱田皆绝望，一江沟壑岂堪悲。
可怜豚泪质天意，何故愆人梅雨期。

乐诚堂远眺湘江

霞满青山风满襟，兴波湘楚发龙吟。
长天云白高飞梦，清水莲红良苦心。
我有豪情痴不改，君怀大愿力堪寻。
滔滔北向千余里，流到端阳一片金。

秋日登乐诚堂

秋光满野惹秋情，却笔偷闲上乐诚。
风送片帆波澹澹，木飘千岭叶轻轻。
西来爽气开胸壑，北去寒涛洗俗名。
何日携君同立浦，举樽倚树听江声。

邂逅

曾经那夜月如水，秋满京师邂逅时。
容我浅缘滋绿蕙，感君深念执红衣。
樽前乡馆情难尽，灯下学楼行却迟。
蟋蟀声声随细语，一怀心事倩谁知。

赠同事红

不是生来偏计量，却从算术得荣光。
酬君青眼开微信，知汝真言始凤凰。
微积时时陈数列，几何处处觅诗行。
当年共事室还在，谁个曾呼邦女郎？

父亲

幼携地畔连山畔，大听千言或两言。
访户熟经潭水浪，串村常解恼忧烦。
诲仁志学信犹在，抱病劳伤事不喧。
我愿一如今夜雨，随风祝到老窗轩。

赠双亲

小区公园旁，两老在政府允许开垦的荒地里，辛勤开垦出数畦地来，每日种洒播锄，我等也口福早有。感而咏。

天赐一隅添晚景，铺青种白写流光。
西蓝奕奕蕴朝露，老薤昂昂迓夜霜。
多把野荒开出亩，漫将世事理成行。
万千偏爱金风里，草帽镰锄挥夕阳。

观课有感（通韵）

绛帐春风驱骤寒，说文论剑赛梁园。
低眉穷访三游洞①，举目齐观一线天②。
开塞愚夫心磊落，添香红袖泪阑干。
莫言肆伍身先老，仍可提刀斩将还。

---

① “低眉穷访三游洞”句：借唐朝文人白居易、白行简、元稹三人相邀游洞之事写师生合作探究文章之道。

② 一线天：授课老师微笑后眯缝的眼睛如同一线天。

赠一之

幽居岭上接芳信，老赋工刀新牍镌。
摩字犹怀江阁圣，闻薰似晤竹林贤。
偶逢杨意夸真响，频顾周郎纠误篇。
割掉名缰开大道，诗心共抱醉忘年。

闻洪峰将过境

屏前指望天开眼，预警蓝黄又转凄。
半月连绵谁补漏？一时瓢泼浪经蹊。
湘南禾稻成漂梗，湖北杨梅化烂泥。
正报洪峰将过境，长看远水接铜堤。

夏至后一日即景

谁驱风伯逐云浪，急雨飘窗透爽凉。
倏忽天开千树静，优游人合一隅长。
破空时听禽争聒，隔岸犹闻荷送香。
石隙蛙儿慵击鼓，高枝难耐纺花娘。

入秋

晚风凉雨起秋歌，逸兴雅思尚自多。
行旅犹嫌公假短，安居不觉烈炎过。
明茶独品味难改，清景略斟诗几磨。
一卷芳华烟散去，长鸣汽笛逐湘波。

秋日感怀

静坐茶余意朗明，任由窗外卷秋声。
一心磨血恃才力，数载滋兰换性情。
湖上风生云又起，山中叶落路将平。
老夫轻捻颔须笑，且读经书同远征。

咏公路桥下西墙之爬山虎

绿茵桥下靠西悬，未见太虚年复年。
红叶展伸能捆地，青藤盘伏欲飞天。
不烦入夏飘淫雨，何碍将秋聒噪蝉。
多少清风明月夜，佳人时至响歌弦。

重阳登高（通韵）

年年重九枫林道，今又吟歌旧地前。
楼宇依稀浮蜃海，人潮络绎动云山。
三秋未老老犹寄，一碧如心心且还。
问汝相思在哪处，登高遥望日西边。

晨往苏堤书所见

晨往苏堤，过斑马线时车辆主动礼让行人，并书苏堤清景。

晓风吹我到苏堤，依旧翠烟芳草萋。
几只野凫迎日上，两边净水接天齐。
往来特让善行在，今古杰能青史题。
遥看曾经泥垒处，垂垂杨柳下成蹊。

寒雨吟

寒雨新封湘府道，清愁万缕织无时。
泛黄碧树凝烟重，带晕华灯映水迟。
待跃鱼龙沉寂寂，栖枝乌鹊动丝丝。
江山志士共寥落，归罢边吟子美诗。

咏栾树

锥花朵朵向尧天，举目谁看栾树颜。
但为梵心同白石，岂因乡思异黄山。
侵阶金雨凉秋静，照水红灯严节闲。
林叟偶逢凭杖问，自怜长咏夕阳间。

月下闻歌

是夜漫步公园，听几个老年男子奏乐高歌，声调苍凉。

何处管弦同旧游，桂花树下小桥头。
歌声彻夜搅心乱，月色中天照影愁。
异地飘零求漫漫，当年回想思悠悠。
歌声月色已非昨，肠断河西第几楼？

恰同学少年

留诗明志出山冲，七载长沙忧国中。
头等文章惊炬眼，一流体魄逆狂风。
穷游五县识根本，善动八方驱虎熊。
更立苍茫余怅问，男儿誓作万夫雄！

书《荷塘月色》后

独步清幽赏月华，银光如水泻塘花。
淡云倩影共描叶，香蕊浮烟若笼纱。
宁静有时成自我，欢愉无尽是群蛙。
夜深空忆采莲事，年底余闲可至家。

书《故都的秋》后

为尝清静故都秋，千里飞归稍未留。
曾坐庭中观蕊迹，亦行雨后话桥头。
风凉世界渐增郁，尘漫国家不胜忧。
才子美文诚耐品，南洋丹血尚知不？

书《琵琶行》后

一曲琵琶动客心，竟催司马泪沾襟。
天涯何必叹沦落，诗句由来传古今。
岂有逢人长得意，更无到处遇知音。
山歌村笛应言好，明亮高扬不输琴。

喜闻我国第一艘国产航母入列

巨舰自研今已成，向南遥想弄潮声。
飘飘旌旆文明旅，浩浩长风霸气兵。
新纪巡洋护伟梦，高科铸剑助雄行。
深蓝破浪铭前耻，更为神州四海平。

港珠澳大桥落成感赋

昼看天接巨龙遥，夜似星河三地挑。
已筑通衢担日月，无忧骇浪蔑风刀。
往来车舰从容度，远近豚鹰自在翱。
文相[①]若逢斯世景，丹心将赋九年劳。

① 文相：南宋丞相文天祥，作《过零丁洋》。港珠澳大桥建于伶仃洋（即零丁洋）上。

嫦娥四号成功着陆月背

古道姮娥上九天，故园数使问平安。
鹊桥[①]今早递消息，玉兔[②]还先驻广寒。
百载魔侵骤劫火，一朝龙奋起波澜。
虽知桂影属神话，月背欣然掌里看。

题李自健《暖冬》画

塘火烧茶接远临，慈颜嘘问值冬深。
帝王傲态岂能此，伟杰高风自可寻。
执手拳拳尊客意，开眉眷眷老农心。
舟车劳顿千回念，为听山乡百姓音。

---

① 鹊桥：联络地球和月背的中继卫星“鹊桥”。
② 玉兔：“玉兔号”月球车。

老家

弥望参差千道田，大江东去绕山前。
层峦逐霭接云际，堆雪流风入楚川。
橘柚葳蕤兴祖业，井泉清冽润家荃。
但多暇日常居此，何必他乡觅洞天？

回乡感怀

笑归故里复何求，但挽清江洗旧愁。
两岸高山连雾合，一行白鹭与烟浮。
爱诗常以乡音诵，醉酒非因云路游。
芫了蒹葭醒了梦，长怜波上野芳洲。

村居即景

乌云遮日落峰巅，岛立苍穹象万千。
入夜响雷惊列缺，开门消暑赛神仙。
近陪鲤对沐风坐，远答鸿书听雨眠。
梦觉清凉深睡里，蛙声似旧鼓层田。

登金殿赋五雷仙山（通韵）

一登金殿小群山，怅立苍茫云海间。
浩浩清风如化羽，飘飘净乐恍成仙。
舍身真武开福地，感应神皇赐洞天。
暇日何须寻五岳，偕行偕醉且歌还。

游慈利朝阳一线天

车绕层峦去路遥，人随曲岸俯蛮腰。
横柯有意透天日，飞瀑无心润石桥。
一觉朝阳成隐境，屡寻秦汉问渔樵。
夜来花沐三分露，明早烟生几度潮？

朝阳地缝

地缝美名长念藏，越山度水到朝阳。
瀑流跃进洞天杳，崖树撑开日月光。
漫待悠游经石道，可堪缱绻弄清凉？
此行直是心安处，更况桃源在我乡。

春节同亲人攀红岩岭

霞飞澧畔万岩红，五彩河山年味中。
鸟道迢迢明日色，岭花跃跃暗春工。
谋生不悖人情醉，处世当研物理穷。
遥看长天连碧水，一声汽笛透空蒙。

过①县渔浦书院

渔猎群经百氏扬，浦云十色九霄光。
几椽新学释欧美，一角深山续汉唐。
人去院空烟树渺，我来门旧瓦苔苍。
闲乘年味染书味，临水休叹老鬓霜。

① 过：春节期间不开放，只是路过。

武陵山顶俯瞰炉慈高速慈利隧道口施工地

云岚脚底有时无，盾构重机描伟图。
崇岭历来成绝境，夹江从此即通途。
一桥斜拉添龙气，千里奔驰轻虎躯。
正是牛年逢盛事，已谋三峡赏平湖[1]。

农历土家新年登顶武陵山

共向武陵山上行，耳边爆竹尚余声。
白云渐衬新天碧，红日方宣大块明。
十里佳居排错落，一弯宽路绕斜横。
四时[2]徒步心如醉，不觉攀缘最顶程。

---

① 平湖：指三峡水库，在宜昌，炉慈高速为宜（昌）张（家界）高速段一部分。

② 四时：四个小时。

咏麓山湘水

千里浩波千里风，一山更比一山崇。
北南原岭书声里，左右城楼画意中。
梁栋排排生大麓，云帆熠熠举高穹。
君看击水疾流处，无限晴光耀世雄。

题杜甫江阁

江阁飞临气万千，层檐直上九重天。
琼楼林立来襟底，长岛龙翔豁眼前。
乱世方知天宇小，治平莫叫梦中圆。
人间多少烦心事，一到公前便黯然。

杜甫入湘羁留江阁

两行哀泪入南流，极目潇湘北去愁。
浊酒新花迎病客，残檐老阁系孤舟。
长怜戎马千山远，欲寄鸿书只字休。
可叹风光今胜昔，斯人不见共谁游？

题湘女石

湖湘父老望天山，湘妹筹边人未还。
但令青春描赤地，拼将大漠换新颜。
疆城自此开宏业，衡岳于今纾远患。
梦绕儿时经行处，红心印石听江潺。

书堂山[①]读书台

书堂山上读书台，书刻台空风自来。
楷圣[②]余香传宇宙，坛魔作丑化尘埃。
一江横贯平原阔，千岭逶迤正道开。
洗笔清泉何处是？枯藤挂树满苍苔。

① 书堂山：欧阳询故里，在今长沙市望城区。

② 楷圣：指欧阳询（557—641），潭州临湘（今湖南长沙）人，楷书四大家之一，人、书皆正，最便初学。

过孙家大屋[1]

稻田如局岭如奔，屋在中间第几村？
野老闻言曾是址，高坟欲觅早无痕。
长沙一去靖台海，淡水[2]首赢歌大尊。
试问捞刀河畔树，当年泪否接英魂？

谒曾国藩墓（通韵）

桐溪寺后掩春深，三两郊游时探寻。
遥念湘军消叱咤，近观墓阙逝碑文。
治兵须倚书生气，管弟多传家信音。
且把此身交此地，评章功过费他人。

① 孙家大屋：民族英雄孙开华在长沙的住宅，位于湖南省长沙市开福区捞刀河畔，现在已毁，瓦砾无存。孙开华(1840—1893)，别名孙九大人，湖南慈利人，清末台湾守军将领，抗法保台英雄，官至福建提督。

② 淡水：时称沪尾，孙开华是沪尾大捷的指挥者，斩寇两千余人，“沪尾大捷”是晚清对外战争中唯一一次取得彻底胜利的战役。

茶亭

偏爱乡中风物清，踏桥寻野过茶亭。
村田放水十分响，春日着花格外明。
字塔两三看树在，桃源咫尺顺溪行。
王孙相与来留否，林下同为长啸声。

黄兴故居

伫立堂前感不禁，侠豪自此发雄音。
惜头岂可复华夏，断指还将挽陆沉。
残壁犹留无我字，凉塘永鉴大公心。
导游开解话休住，一说英名双泪涔。

夜行遇雨阻于省科技馆雨棚

珠雨敲棚似海鸣，中间忽起响雷声。
老心早与片云去，新气方随万物生。
欲促青年存远志，当依科技作雄行。
积阴春树华灯里，人说明朝预报晴。

春游洋湖花海

春工尚要巧工修，红玉紫黄妆镜头。
云锦落天千亩地，花涛失路几重丘。
鸭惊曲岸扑低水，雁背斜阳遮远楼。
忙煞蜜蜂新画里，沁甜方酿趁时收。

雨中海棠公园

雨中海棠公园漫步，时开园方两日。
车声渐远市声消，寒翠满山冬未凋。
湖映琼楼非昨日，人随曲岸辨前朝。
独行一任凛风打，长啸何妨细雨浇。
喜看海棠千树植，明春定醉玉栏桥。

释“南窗先生”[①]号答诸生

学诗岂敢望渊明，俯首门前竭一生。
要倚南窗平傲气，不图东阁博清名。
寻源巧与易安对，赋句或将太白惊。
但为歌吟权借取，陶翁闻此可称行？

咏陶渊明

柳下衔觞悦晏然，东篱采菊见南山。
耕畴去后多披月，寻壑归来常闭关。
但使作为遵本性，却将光焰照人寰。
尘劳传语诗和远，潇洒如其委实艰。

① 南窗先生：作者自号，源出陶渊明《归去来兮辞》“倚南窗以寄傲，审容膝之易安”。

咏苏武

独处苍茫北海边，牧羊杖节七千天。
归心随雁复君命，羸体卧冰吞雪毡。
生死之间夸气节，利威而下识忠贤。
风流非只沙场里，明此读通双泪涟。

咏“科圣”张衡

才高世重岂骄情，淡静从容赋二京。
出相肃奸称政理，入宫对策护身成。
浑天地动真机巧，尸位素餐多碌卿。
可叹芸芸心计苦，千年而下逐虚名！

咏归有光

一往深情隐日常，笔承唐宋有归郎[①]。
满轩悲喜身难住，七子慢狂心已藏。
岂可精神成寂默，堪将事业付文章。
今宵犹似当时月，谁看枇杷照影凉？

观《冰血长津湖》后

美帝汹汹迫近邻，大军浴血战长津。
拼将七尺捍家国，斗至廿天惊鬼神。
直入打围堪卓绝，薄棉餐雪实艰辛。
犹传纸虎山颓际，曾敬阵前冰冻人。

---

① 归郎：即归有光，明代文学家，被誉为“明文第一”，代表作《项脊轩志》等，当时文坛主宰“后七子”为其折服。

庚子上元

冰凉月色照人家，未放当年千树花。
新报多增时有泪，白衣奋战尚无暇。
城中梅少怀乡语，江上风轻催物华。
待至雪融春好日，与君看足夕阳斜。

陌上行

吹散青云微出暾，缓行陌上识春痕。
江头节物常关念，客里情怀久闭门。
切切天涯仍有虑，迢迢湘水正无垠。
鸥盟曾与清风约，放眼人间欲断魂。

江畔写意

唯欣碧水涤骚肠，遐日何须觅远方？
满目朝霞妆潋滟，一襟夜月钓潇湘。
潮平已识朱张气，渚秀长吟屈贾章。
欲向才人偷借巧，试挥老笔咏苍茫。

述怀

南楼静坐绕书香，奋斗人生滋味长。
宜趁韶华担日月，并将佳句谱文章。
云衢待我掌中度，火狱从君心上凉。
砥砺今朝犹望北，依稀金榜放光芒。

教书偶得

廿载痴痴为化人，粉灰染得鬓添银。
漫将妙悟滋群蕙，定叫豪情悦此身。
堂里融融生课议，湖中跃跃待龙伸。
莫言辜负少年梦，日日同开事业新。

天心区自助图书馆夜读二首

一

明月邀吾访夜深，书香缕缕似甘霖。
慧人何碍春秋老，研物还追世界骎。
眼近难赊才八斗，心高犹想价千金。
半宵读罢怅然出，一地清光照树阴。

二

又乘明月满天心，曲馆新书旧梦寻。
指顾毋怜流似水，头抬不觉泪沾襟。
无求即沐香中读，有得时熏风里吟。
窗外清光映如雪，悠悠雅室慰而今。

咏荆轲三首

一

战国多闻刺客行，榜中名士有荆卿。
和歌对酒入燕市，击筑冲冠出蓟城。
匕见图穷功可立，时乖力薄命难衡。
凉凉易水咸阳道，千载风吟知遇情！

二

凛凛严风直入秦，图穷匕见敢轻身。
欲将盟定报知己，怎奈囊提阻近臣。
燕赵诚多真汉子，世间应少伪娘人。
只今唯愿作龙吼，易水高歌更唱新！

三

战国英雄何处寻？蓟城荆轲感丹深。
燕山白日催车疾，易水寒风击筑沉。
生挟只怜王袖绝，死酬亦恨霸权侵。
世之扰扰徒愚议，千载闻歌热泪涔。

古体诗

观沧海

怅立天涯，以观沧海。
浩波镗鞳，飞舟如矢。
长岛龙腾，巨浪鲸跃。
狂飙千丈，荡尽尘滓。
万物生长，皆赖其存。
神舟瞰之，若宇一蠡。
幸甚至哉，歌以咏志。

三十有三述怀

年来多坎坷，作客又辞家。
何事独醉酒？秋风满长沙。

饭甑山怀古

溇澧精华地，犹留豪杰踪。
一虎昔长啸，万马先惊弓。
我来甑顶上，斯人不可逢。
凛凛剑气在，长叹扩诗胸。

芭茅

慈利荒野地，有草名芭茅。
十月百草尽，卓立尔自俏。
冷看木叶落，一枝迎风傲。
花开拂红尘，更把乾坤扫。
叶似屠龙剑，恶虫岂敢靠？
虽处贫寒地，气冲青云霄。
久怀正道志，功成伴渔樵。

汨罗江畔吊屈原

屈子意何深，我赞欲何言。
千载君独步，怀骚赋椒兰。
可怜经天才，误生怀王边。
应对诸侯易，慷慨纾国难。
浩浩何所去？渺渺江水寒。

感遇

男儿志四方，踌躇又来长。
初来感厚爱，坚守高岭上。
岭上无豺狼，心静风自凉。
凉风驱暑热，宜作大文章。
文章竟难成，踟蹰铁门旁。
出门放眼望，楚天何茫茫！
天意实难抗，妻儿各一方。
儿恰值启蒙，妻病重且长。
夜长霜且降，日日唯杜康。
强作新人笑，谁解我心伤？

古风四首

一

三日不见君，愁比南云多。
君乃闲适人，世事奈若何？
长空鸣回雁，疑来自南国。
禅意既记取，江湖唯蹉跎。
三日不见君，玉兰已葳蕤。
愁随春草生，小园尽芳菲。
丈夫羞倚栏，伟岸渐憔悴。
茕茕江畔立，且待伊人回。
三日不见君，把酒问长风。
才红南国豆，又绿楚地蓬。
楚天何空阔，青丝灯影中。
愿得抽长剑，裁取山万重。
三日不见君，汗漫登东皋。
东皋美味多，西山满葡萄。
对酒感相逢，我醉君且笑。
归去江渚上，白发同渔樵。

二

才见檵木艳，又将荷花红。
香径鸟语里，聚散两匆匆。
三载既明德，斥鷃成大鹏。
他日展翅时，飞歌笑秋风。
孜孜复砺砺，何处不相逢？
此去平野阔，相思意万重。

三

才见梨花白，又到玉兰开。
临风亭亭立，君意何高洁！
三载既明德，可作撑天才。
长风摇树木，暗香动诗怀。
众芳随春去，听君踏歌来。

四

心地似郭靖，机灵赛黄蓉。
原是解元后，华章有遗风。
三载既明德，矢志逾二雄。
霜刃何凛凛，别意何匆匆。
他日试身手，开君射雕弓。

步行乱弹

长路行慢慢，俯仰皆当歌。
青春已成昨，白日竟消磨。
何时已归己，到处无奈何。
君常曰哈哈，我亦道呵呵。
且看良宵景，清光待吟哦！

立夏游象鼻窝

纵目山川绿，放浪天地宽。
一路欢鸟语，两颊清风旋。
渐行人迹少，忽觉竹声喧。
云笼常青树，水映白头颜。
莫念皮囊躯，身心自在安。
长杉居深凼，野花开满山。
人事皆忽忽，功名且闲观。
安得倚斜柳，长听流水潺。

白方礼老人歌

读白方礼老人事[①]，感而歌之。

老来正宜乐，蹬车欲何为？
为助寒学子，拼却白发垂。
拾取衣褴褛，一饭众称奇。
强撑二十载，老木终难支。
“我今已朽矣，岂肯竟驱驰？”
学子握枯手，失声痛于兹。
栉风沐雨际，天寒地冻时。
回首真情路，冷暖君心知。
踯躅迷尘世，唯见人相欺。
名利不能久，大义振俗衰。
临屏泪如雨，一去时人悲。
高山共仰止，懿风安可追！

---

① 白方礼（1913—2005），河北省沧县白贯村人。从1987年开始，靠自己蹬三轮车的收入帮助贫困的孩子实现上学的梦想，直到将近90岁。蹬三轮近20年，累计捐款总额35万余元，圆了300多个贫困孩子的上学梦。

闻梅艳芳去世有感

东瀛送芳迟迟还，疴劳沉沉朱颜残。
借问梅花何处落？艳姿隐隐天姥间。

三叹林冲

一叹

呜呼一夜变囚徒，索命冤家岂肯休？
不是隔壁听奸语，沧州依旧思皇州。

二叹

沧州依旧思皇州，忍辱小心是教头。
大火熊熊冲天起，索命冤家岂肯休？

三叹

索命冤家岂肯休？可叹佳人魂难留。
林里虎豹虽忠勇，呜呼一夜变囚徒！

校园之春

桥边杨柳风飘絮，楼外梧桐青几许。
几只早莺争春来，小园香径闻书语。
日暮却又潇潇雨，电闪雷鸣何足虑？
且把春愁付春水，随波流下洞庭去。

望饭甑山

三十年来行色匆，甑山只在望眼中。
西唤万水灌母潭，东降华表撑苍穹。
云蒸甑顶似喷饭，峰横楼澧欲腾龙。
曲尺滩上琴声急，日夜催我仰侠风。

饭甑山上

云烟漠漠藏甑山，冬风猎猎上蓬莱。
连日积闷雨打去，四面山色镜难裁。
清心润肺爽精神，游目放歌骋诗怀。
但得侠风隐趣在，心中何处染尘埃？

咏海空卫士王伟

雄鹰折翅哪堪哀，三军顿失英良才。
身随滚滚浪打去，魂伴萧萧风归来。
壮士热血化碧涛，思妇孤影上高台。
日暮挽罢天又雨，家仇国恨满江淮。

水磨峪

早进晚出水磨峪，花开叶落又一秋。
指点江山灰满袖，极目羊角志鸿鹄。
草枯犹有芭茅赋，雪迷更见潭水幽。
此去折枝堤上柳，水亦有情随君流。

登岳麓山

独立平川描青黛，玉露轻抹红香腮。
一路绵绵接秋水，两袖飘飘拂尘埃。
红叶烂漫参古木，金菊招摇连亭台。
人生自是有情痴，江山知己亦同怀。

答古风雅韵诸友

鸿书一阅意不休，恰我当年号孔丘。
曾经沧海狂涛劈，更历洪荒恶雨羞。
飞天飙歌揽日月，驰地醉舞捣春秋。
且借君前一杯酒，荡出块垒上层楼。

京师研修有怀

四十年来诗与名，难当才子冲天情。
我今负笈燕京道，重向大师取真经。

观罗大佑线上音乐会

童年唱彻光阴佳，更好明天分外飒。
抖擞犹听屏外耳，人间欣赏是才华。

拔河夺冠

四拔山岳气如虹，声声呐喊透苍穹。
后生老将方发力，即得欢颜向晚风。

赠把酒临风

把琴扫尽万古愁，酒醉凤歌笑孔丘。
临窗看取苍山远，风拂玉树第一流。

赠张生昌俊

德苑才俊志将酬，雄心化成绕指柔。
正是春风催桃李，愿撷此芳昌儋州。

跑步歌

长云排空似剑行，长风猎猎卷崇岗。
步伐坚定声抖擞，八七学子意气张。
心忧天下奋争先，舍我其谁问苍茫。
风霜雨雪无所惧，宜趁青春写华章。

记得晚亭霜叶红

记得晚亭霜叶红，同学盛会麓云中。
独立苍茫思忠胆，共沐赤霞竞豪雄。
曲终人归意无尽，怅然回首烟雨蒙。
来年层林尽染时，邀与铿锵唱古风。

师生分别十五年后小聚有感

别梦常萦十五年，长沙小聚岂非缘？
爱君正富青春色，恨我多添衰弱颜。
每饮湘水思澧水，更登麓山望甑山。
人生难得此情挚，一片乡音且尽欢。

江洲秋月夜

最是橘洲壮夜游，长瞻一销古今愁。
琼楼玉宇当空照，两岸璨光豁吟眸。
江阁对看天心阁，阁外大江日夜流。
城西峨峨立千载，崇山遍是浸红秋。
朵朵芙蓉向脸开，人潮迤逦去还来。
桂香橘红相次第，灯光云影共徘徊。
汽笛分出碧痕远，沙滩又拍浪波回。
天镜漾在涛声里，万象清圆似画裁。
人生漫漫且思量，何如秋月照潇湘？
如月清光明道路，经水洗磨胜珪璋。
今朝长岛翻天地，几秩星城起凤凰。
恰逢一斟清秋醉，诗声动地已寻常。

家乡即景

橘林竹园小楼，糍粑柴火圆炉。
徜徉乡间路，寻取河畔牛哞。
谁逐？谁逐？荻花飞上汀州。

登云朝山

攀登高峰啊望八荒，云朝山来山苍苍。
与我情怀啊激雄壮，浪游子，回故乡。

学校即将乔迁新址有感

坡陡屋旧灰满天，毒气扑鼻凋玉颜，
车轰机隆夜难眠。
一马当先四方动，笔落零阳写新篇，
与时俱进更无前。

春日有怀

细雨春风卸长袍，暗浸旧寒潮，临屏少。
相思都随云飘去，别君后，漫把柳丝绕。
日月任寂寥。
且举眼前杯，唱歌谣，抛却千金为一笑。
飞鸿影，今宵度烟渺。

登饭甑山

饭甑山上白云飞，水磨峪旁呼声急。
停课合书抛却笔，涛声催，车轮滚滚心如归。
巍巍华表天地立，欲登甑顶有天梯。
六十八将健如驹，齐努力，披荆斩棘夺第一。

二月春寒风雨狂

二月春寒风雨狂，霹雳响，起仓皇。
无人相嘱，无人对镜妆。
无人相伴雨巷里，携稚子，品书香。
人归车稀华灯上，夜茫茫，路茫茫。
今宵何处？妻儿各一方。
斜依孤枕听雨滴，愿苍生，皆安康。

与友十年后重逢于高考阅卷时并夜游橘洲

挥手别兹后，十年偶相逢。
夜兴书生意气，畅沐橘洲风。
隐隐青山横断，汤汤流水激岸，伟迹掩草丛。
何处鸣汽笛？随波入苍穹。
怅今古，风流事，皆成空。
到处歌舞升平，酒绿映灯红。
我欲与君高语，但闻榆柳深处，夏虫叫嗡嗡。
此情寄江月，醉归枫林中。

感遇二首

一

一夜轰隆，归去了，无数天涯过客。
树木岭上，正独对，寒窗冷雨枯叶。
坐拥书城，神游题海，踏歌迎六月。
凭栏极目，胸中多少豪杰。
英雄自古少年，书剑出乡野。
笔生风雷，剑斩长鲸，新换得，千古盛世宏业。
长风谁乘，湖湘且看我，百年明德。
逝者如斯，莫负一腔热血。

二

一夜轰隆枕上鸣，书剑两误怅平生。
铃声频催冬阳上，推窗，枯桐挂叶立方坪。
东楼佳丽早妆成，婷婷，人面翠竹两相映。
忽有寒意因风起，关门，是真才子自多情。

词

望江南·慈利忆（共三首）

一

慈利忆，最忆是长潭。
春到耕泥香夜月，雨中天马跑层峦。
入梦水潺潺。

二

慈利忆，其次是甑山。
为仰侠风寻斗米，同登甑顶话桑田。
遥指垭门关。

三

慈利忆，再次垭门关。
古道高冈哼号子，斜阳芳草对残垣。
溇澧几回环。

望江南

春来也！长岛沐晴晖。
蜂舞早梅迎面俏，草萌新柳绕堤蕤。
桃李自成蹊。

忆江南

江南爱，最爱是杭州。
朝摄风荷迎日举，暮登峰塔看屏收，
能不念重游？

如梦令·谢君

谢谢称之君子，高咏何须拘泥。
一洗粉脂言，欲把壮怀开继。
惭愧，惭愧，且绘德园红紫。

如梦令·题孤松立水图

要借一隅鸣鹤，莫笑凭依无着。
舒靥鉴清波，孑立依然如昨。
相约，相约，注意有时霜薄。

如梦令·题孤松破石立巅图

许是鸟衔风落，从此险峰身着。
破石入青云，俯视群山千壑。
拼搏，拼搏，不负先前承诺。

相见欢·题杜甫江阁

少陵阁上飞鸿，伫春风。
千里湘波腾去、向空蒙。
关山事，苍生泪，转肠中。
试倩孤舟明月、醉江东[①]。

---

① 江东：阁在湘江之东。

浣溪沙・土家做客

回水层峦列似麻，清泉流响洗新沙，
摩托背篓走人家。
过渡拨茅还问路，高枝喜鹊向篱笆。
腊鱼腊酒沏清茶。

浣溪沙・思友

清酒一杯约旧聊，袂连共伞到前桥，
渐行渐远绿山遥。
风起常临江畔望，鬓斑悄向镜中瞄。
闲来放鹤问渔樵。

浣溪沙・村夜

夜色迷离星满天，萧萧秋水透轻寒，
暗香浮动影娟娟。
一点荧光消碧树，几声犬吠起村前。
西山悄接月儿弯。

浣溪沙·暮行写意

满眼翠波映日明，几行榴火美人倾，
开心老叟舞姿萌。
清景无边皆似旧，浮生有爱若燃灯。
何妨长夜自由行。

浣溪沙·元旦至巴溪洲

浅浅流波拍岸沙，小桥深处隐蒹葭，
晴空纵画万枝丫。
无计归来安尺牖，有心觅处作天涯。
俯身嗅取腊梅花。

浣溪沙·夜游乌镇大运河

一样月光照水流。街灯塔影正相浮，
桨声摇曳古今愁。
我欲乘风邀尔汝，一船诗酒兴悠悠。
涛声听取到杭州。

浣溪沙·益阳会龙山远眺

资水苍茫连帝阍。楼前翠岭剪裁均，
千年圣迹净香薰。
几叶渔舟随逝水，一声长啸定行云。
云中堪寄梦中身。

浣溪沙·回老家过土家年

年味浓醇在土家。新修村道可驱车，
归来倦客自天涯。
夜话围炉陪爸絮，日忙年货替妈拿。
熏鱼淘酒打糍粑。

浣溪沙·慈利一中 186 班师生会上赠生

一

羊角高坡奋力攀，书声响彻水磨湾，
大鹏展翅出乡关。
廿载相思愁在梦，今朝同会喜因缘。
且温诗酒品华年。

二

满眼绿荫遮地凉，一池碧水映轩窗，
当年从此共翱翔。
犹记雄文新榜上，待寻警语古钟旁。
高才满座忆张狂。

浣溪沙·夏日村居

一

早起风凉村路行。霞光遍照翠如屏，
碧波明鉴净无声。
才道几人晨浣洗，又过两犬吠消停。
相看不厌是乡情。

二

午觉开门炎日斜。黄蜂尚采紫薇花，
斑鸠唤在竹篱笆。
坐石临风凭老树，披襟消暑举粗茶。
闲听父老侃天涯。

三

薄暮日头渐下山。鸣蝉归鸟齐声喧，
江边袅袅见炊烟。
几片赤霞同焰火，一怀襟抱学青山。
人生难得是清闲。

四

夜半竹床淡淡风。星河熠熠转高穹，
满怀心许夜朦胧。
断续两三闻夜语，忽然弦月挂山东。
江南江北一望中。

浣溪沙·高考前一日赠生

大木参天遮地凉，一池碧水映轩窗。
鲲鹏从此远高翔。
激赏雄文才似海，堪惊满室桂花香。
他时犹味此时长。

浣溪沙·到鹅洲

闭门日久，甚思窗外。闻道疫情缓解，周日终出一回。心情大好，填词一阕记之。

逆旅人生适远游。车行陌上渐如流，岸清江远与天浮。
静卧草间听浪涌，桃花衬面纾心忧。沙田缱绻是鹅洲。

菩萨蛮·冬日湘府文化公园

谁言冬至无诗绪？冬风漫送惊人句。
池水映枫香，飞檐贴杏黄。
场宽群舞早，篁密琴声好。季季有清欢，
是心随处安。

减字木兰花·效东坡春词

春雷春雨，一夜春潮升几许？
便趁春风，吹却烟蒙兼雾蒙。
春衣春酒，万点春花飞满袖。
但享清嘉，且把樱花作雪花。

减字木兰花·冬见月季怒放

娉娉袅袅，独立园边舒靥笑。
浅浅相逢，便似东风敌凛风。
年年有信，谱里众芳难比俊。
多少坚持，试问青君知不知？

减字木兰花·过清风峡

山行高咏，云麓归时人去病。
更浴红光，深味亭中词几行。
一株老态，剑立遏云痴不改。
沿壑风清，不绝松声和水声。

减字木兰花·过抱黄洞[①]

抱黄隐处，溪水透凉伸脚住。
别有风清，高木阴阴隔市声。
林边舍下，几老品泉时一话。
何必寻仙，等取仙人骑鹤还。

① 抱黄洞：位于岳麓山腰，因西晋张抱黄于此修道羽化升天而得名。

卜算子·隐括《大约在冬季》

执手起骊歌，长夜毋零泪。
前路虽迷且祝福，风雨中怜你。
别后我倍珍，无我君毋累。
问我何时返故园，大约于冬季。

卜算子·秋池一茎莲（步东坡韵）

昨去洋湖，桂花香里，满湖风中，草木始凋，令人顿生秋意。忽见桥边丈余，静立红莲一朵，凌波微步，摇曳生姿，感而赋之。

九月一茎莲，出水悠悠静。
桂子飘香露冷时，偏爱孤红影。
碧叶争相牵，要把清芳省。
笑看临家藕苇池，散落西风冷。

卜算子·秋池一茎莲（又一首）

只道是寻常，来往相知少。
只道群丛爱牡丹，一派浓浓好。
好也不须夸，夸也无须吵。
独出粼粼净水中，不见群芳了。

卜算子·偶感

只道是寻常，来往相知少。
只道群生喜艳妆，一派融融好。
宝剑弃之尘，珠玉抛之潦。
剩有真香尚住中，只有君知了。

卜算子·母亲

颜色夺莲红，理是千般宠。
十月怀胎似病容，咽苦恩深重。
哺养未颦眉，举止连心动。
待到离家长大时，体贴常随梦。

霜天晓角·思乡

茶是清明茶，粑粑是蒿子和大米搅和做的，都是家乡特产。母亲知我爱喝爱吃，特地亲手做了托人捎来。问起家里，来人说正准备插秧。双亲年岁已老，身体都不大好（母亲腿有风湿），然而并未请人帮忙。儿女都在外面，接他们来城又不肯。遥想故园，感而有怀，遂填此篇。

才品新茶，更捎蒿子粑。
缕缕清香入肚，低首处，泪痕斜。
田家，椿满芽，稻秧凭手拿。
电话几番相问：人请否，腿还麻？

醉东风·元旦

俊赏良夜，冉冉星河下。
炉火金樽诗潇洒，雾色冷光相射。
同喜己亥新年，休叹老去红颜。
一早玉楼凭望，眼前万里江山。

忆秦娥・怀人

琴难耐，一天心思楼台外。
楼台外，雾锁边城，远山如黛。
真情唯愿永恒在，谁知北雁何时赉？
何时赉？春来春去，离情难载。

西江月・最大份扬州炒饭破吉尼斯后用垃圾车运走[①]

壮士汗流若雨，巨锅粒垒如坛。
海鲜鸡蛋浪波翻，讶见最牛炒饭。
记录大书刷破，杨公暗悔贪馋。
竖儿怎忘悯农篇，留与猪儿香馔？

---

① 新闻背景：2015年10月23日，扬州4192公斤重的“最大份炒饭”刷新吉尼斯世界纪录，结果宣布后，这份世界最大份炒饭被工人任意踩在脚下，大量成品被装进垃圾车运走。

西江月·微信朋友圈

没有惊人发现，也无潘宋之颜。
有时随手发圈圈，会意如同点赞。
你报新来消息，我掏肺腑真言。
将来无事且翻翻，往事如今在眼。

西江月

或是谈诗论道，有时对酒偷闲。
短歌长啸并吹弹，伴取吟声婉转。
不论暑寒云雨，且欣砥柱波澜。
兴来须尽但行欢，说甚人生苦短！

西江月·在校生为新生题写银杏叶书签

诗意字间写就，金秋叶里收藏。
深深学苑浸书香，情似大河流淌。
前浪望优品学，后来不负韶光。
书签伴手度寒窗，暖在眉间心上。

南歌子·游张家界水绕四门

暑假，和妻游说双亲大人，去张家界一游。老家距张家界不远，然而二老竟从未能去。平日在外，无暇顾及，为人子者深感惭愧。可喜的是二老兴致不错。

一带清凉水，千波潋滟晴。
古藤大树展分明。更那猴儿蹭路、步儿轻。
老望安如树，儿拼动似萍。
同匀半日到沙町。遥指白云秀柱、映天青。

鹧鸪天·赏枫

胜日寻芳野兴悠，新枫古木一时羞。
玉颜皆抹胭脂色，遍地黄花鸟语啁。
登仄路，濯清流，时来爱晚看鱼游。
曾经心思题红叶，莫对芦花飘水洲。

鹧鸪天·赏枫（又一首）

与同仁赏枫爱晚亭，约以诗事并歌之。

红树青山石径长，古碑名院晚秋凉。
虽无春景山花漫，也胜夭桃扑面香。
亭似旧，酒成狂，依然爱晚问斜阳。
少年自与清风舞，今日歌同水调章。

鹧鸪天·远足至雷锋纪念馆

感得云开脱厚袍，劳人心事暂时抛。
新驹健步精神焕，老骥飞腾志气高。
歌婉转，语谐调，红旗飘映碧天娆。
归来再举殷勤事，好趁春风催李桃。

鹧鸪天·答友

世事从来冷眼看，忽然心底起微澜。
依稀细雨湿昨梦，仿佛春风倚画栏。
千古调，不多弹，却存诗绪继诗缘。
诗心且寄潇潇雨，漫过星城春草芊。

鹧鸪天·咏桂

淡沐西风拄序庠，前身长在广寒旁。
餐风吸露生成魄，便送人间一地凉。
惜瘦骨，发奇香，三秋独霸压群芳。
纵然零落行踪渺，也向黉门遮半墙。

鹧鸪天·过云麓宫

独立山隅迎骤寒，谁知游子踏风看？
青春一诺终无悔，玉树临风已不翩。
嗟晚景，叹流年，蓦然回首想连连。
当年木叶无寻处，况有春泥化万千。

鹧鸪天・代航天英雄景海鹏、陈冬赋

绕地巡天摄蔚蓝，漫将日月两肩担。
须臾过处冰连海，弹指来时云盖岚。
才育种，又遛蚕，太空信步且清谈。
雄狮一觉醒来也，寰宇风光我尽瞻。

鹧鸪天・一起走过 20 年有怀

犹记风柔门溢光，新人对拜土家堂。
春来春去情依旧，花落花开未少香。
经窈窕，度彷徨，人情看遍立斜阳。
念中长是今天暖，又趁新元细细张。

鹧鸪天・冬到洋湖

冬到洋湖花未央，凝眸青女未梳妆。
高高苇接青天杳，细细风传迷迭香。
柿子赤，菊花黄，一丛狗尾闹斜阳。
劝君不作浮生梦，半日匀来滋味长。

鹧鸪天·夏日偶得

也读诗书也赏花，一盆清供一壶茶。
将消夏意温残梦，忽觉微风轻透纱。
春已远，夏休嗟，纵然白发又生些。
推窗遥指南山路，唤取山妻看晚霞。

鹧鸪天·一中怀旧

2017年8月5日，回老家一中，参加高186班毕业20周年师生聚会。重游故地，人、物全非。门卫追问，路人不识。原住之处，栅围墙绕，正起新楼。问询门前杏树，早已伐作柴薪矣。于是赋之。186班毕业时，我任教该班语文，时年廿七。

遥望云台意感伤，杏林不见旧轩窗。
青春映雪看花处，道道横栏砌院墙。
人不熟，我皆茫，当年谁不识姚郎。
种桃一处原非梦，但觉吾乡似异乡。

鹧鸪天·昭山记游

点点桐花洒绿荫，百年磴道入山林。
伟人亭里眼眸豁，古寺门前春意深。
影作画，咏为琴，江山万里值千寻。
浮名抛却因何事？一叶昭潭渔父心。

鹧鸪天·大夫第与艾明雅等饮

洞庭湘水涨连天，消愁何及雅人前。
清谈俊赏宜同友，美酒金樽且趁闲。
风解语，酒添颜，开心便觉似当年。
当年亦是潇潇雨，韵在高山流水边。

鹧鸪天

睹显卫诗词，诗心仍在，词意隽永，赋词以赠。

京蜀鹏游近十年，朗吟句句动江干。
诗摹旭日明溪水，词咏春花满麓山。
锦城外，草堂前，遥遥西岭碧云天。
莫言无寄雄心处，开眼晴光耀雪间。

鹧鸪天·过刘锜[①]故居

花牖青砖构树间。茫茫湘水映昭山。新修不见牵牛植，耆老犹思挂印还。

起蒿艾，盖香兰。英雄无语立江干。千年万载云烟矣，今载将来莫复环。

---

① 刘锜（1098—1162）：南宋中兴四将之一，官至太尉，受主和派打压，曾结庐寄居湘潭昭山。

鹧鸪天·咏粉笔（通韵）

浑似悟空如意形，洁白如雪粉为名。
讲台静伴诚无憾，黑板轻挥时有声。
身渐老，慧悄增，年年布道岂消停？
等闲擦拭风吹去，散作头间点点星。

浪淘沙令·家乡秋夜

弦月近西山，星缀云间。
三更秋气浸乡关。
萤火如灯飞陌上，迓我方还。
侧耳听长滩，无复潺湲。
时闻蟋蟀奏清闲。
明日凭栏将又是，满目晴川。

玉楼春 · 初霁

玉楼满目延天际，南国拂晓初雪霁。
忽然气壮咏冰封，长与老童堆溜戏。
盛元恰是逢新岁，冻云欲开和风替。
但须曦日洒光辉，便见玉盘青螺髻。

虞美人 · 十五年

当年仰侠高山上，雨歇层云荡。
梦中似又凯歌声，原是少年飒爽出奇兵。
如今跃马平川走，各展经纶手。
幻云流水总关心，皓月清辉遍照挚情深。

虞美人·忆旧

一

当时痛饮湘江岛，歌遍青青草。
梦中更起壮游声，原是少年飒爽岳楼登。
如今跃马平川走，各展经纶手。
幻云流水总关心，皓月清辉长照挚情深。

二

白银盘里青螺岛，携手游青草。
梦中波涌雪连声，已是壮游归久未来登。
孤光自照东西走，莫摆邻翁手。
翼帆偏爱少年心，何日花前尔汝醉杯深？

三

湖风南下吹长岛，叶转飞蓬草。
少陵高阁听江声，只是山重路远又强登。
年华共纸轻翻走，何处拿云手？
一轮明月洗天心，北去孤鸿捎我念君深。

南乡子·长沙

云麓望长沙，林立层楼百万家。
长岛笙歌传武广，哇哇。占尽中南光与华。
长啸赋词夸，多少风流赛孟嘉。
朗诵离骚狂饮酒，哈哈。老子当年云也拿。

南乡子·中秋

客里正中秋，为品清光更上楼。
四十年来方梦醒，休休，对酒堪豪痛饮不？
歌罢欲仙游，君赠诗名我自羞。
散尽星云沧海碧，呦呦，俊鹿依稀鸣楚丘。

南乡子·屠呦呦获诺贝尔科学奖有感

素手萃青蒿，百万生民痛立消。
四十年来成寂落，香飘，墙内开花墙外娆。
拉斯克方娇，又斩纽约诺奖标。
可叹众宵伸指处，滔滔，今夜心潮逐浪高。

南乡子·祝天宫

把酒祝天宫，直透星云上碧穹。
瀚海巨龙遥筑梦，哄哄，天上人间谈笑中。
昨夜又西风，闻道汹汹意气浓。
朗朗乾坤休错念，冲冲，我自逍遥遨太空。

踏莎行·春至

酣饮江干，狂歌云苑，卸裘劲舞人人晚。
驱车高阁沐霜华，三更烟火冲天半。
醒后情阑，春来意展，东风吹上桃花面。
人生得意话围炉，归来岂止翩翩燕？

临江仙·思乡

橘柚飘香秋水皱，蓼花飞上汀州。
炊烟升起晚风柔。曾经黄草戏，心与白云游。
电话手机虽是隔，拨通权解新愁。
独临江畔羡归舟。依稀前梦里，亲送院东头。

临江仙·归乡

村路遥临清水岸，归乡方适吾怀。
纳凉小院数天街。满河星灿烂，曾摘上高台。
一阵凉风吹酒醒，耳边虫语悠哉。
闲聊无事敞襟开。忽闻附近犬，似吠故人来。

临江仙·有赠

犹记当年经手上，从新巧作安排。
堂前望月见云开。屈湖桥畔柳，尽是昔时栽。
一片云烟随过往，如今流水悠哉。
两三诗酒畅襟怀。真情最好是，风雨故人来。

临江仙·写于即将分班之时

去岁湖边初会聚，心如跃跃飞鸿。
白桥见证语从容。月光湖面上，咏雪五更中。
初夏回望如一梦，时光脚步匆匆。
依依垂柳意浓浓。但将无限语，托付那熏风。

蝶恋花·有感于“嫦娥”成功绕月专家相拥而泣

一去故园千万里。桂影依稀，可见嫦娥未？
怜取婵娟相恋意，人间天上无时已。
寂寞广寒消息递。清影徘徊，把酒何由睡？
灵药炼成终不悔，为伊一拭千年泪。

蝶恋花·教书偶感

一入杏坛唯树蕙。云淡风轻，也有痴痴意。
昨夜楚亭春雨细，东风满苑催桃李。
学子莘莘流似水。墨染心香，坚守明堂里。
老去红颜终不悔，但将诸子宏图绘！

蝶恋花·重读大学期间书信

检点书笺皆大学。那段心思，谁道皆忘却？
读到凄然双泪涸，回头方觉多年错。
漫把新词书寂寞。却叹风中，又见清秋掠。
我欲拂尘寻旧诺，依稀听见红枫落。

蝶恋花·天梯

为觅人生离故土。小小骄丫，丈量悬天路。
紧握幸无风雪阻，乡关望断云崖处。
大道如天争要怒。何若常怀，偏远山民苦？
来日学成归去否，通天再筑凌云步。

蝶恋花·赠慈利一中226班

一别慈城漂泊苦。常唤西风，翻卷千行语。
甑顶溇滨寻侠去，青葱往复零阳路。
究竟十年无觅处。却得君言，堪慰人情疏。
独立圃前欣几许，繁花满树曾无数。

蝶恋花·从教25年有感

熠熠明堂兰蕙树。鬓染秋霜，日理千千句。
麓顶洲头寻侠去，青葱往复书香路。
廿五年来无悔处。又得君言，堪慰殷勤旅。
静立堂前欣几许，繁花满苑应无数。

蝶恋花·中秋夜于云麓宫

璀璨夜光明逝水。更转冰轮，万象清辉里。
闻道城中风未起，寒宫匀得清凉味。
且把清凉添酒醉。今日年年，滞在他乡地。
向月遥将辞赋寄，寄词或恐难书意！

渔家傲·记祁阳金洞漂流

云压青峰深处秀，急湍飞瀑相思久。
新换秋衫全湿透。交响奏，弄潮金洞秋风骤。
排浪濯空含嘴漱，丢盔挽袖胶瓢逗。
皮艇欲倾舟子咎。撑篙走，极言最胜前峰后。

破阵子·隐括马丁·路德·金名作《我有一个梦想》

支票百年未兑，堂前回首依然。
廿五万人非暴力，一帅高呼更向前，此情息息连。
人问何时能足？我言共享民权。
梦想圣光披露日，黑白琴弹交响篇，自由处处传。

定风波·江畔小憩戏作用东坡韵

一带长江静去声，鸟同云影掠江行。
欲逐羲和纵快马，只怕，空谈大论误今生。
小憩江风吹梦醒，些冷，万家灯火正相迎。
遥望星光零落处，睡去，明天还是一天晴。

定风波·西湖

迎我吴山展玉屏，湖天一色十分清。
络绎游人来复去，何处？风荷堤柳几舟横。
桂棹浮波看塔后，持酒，侬音细细舞娉婷。
迢递桥连垂柳路，漫步，夜深犹对满湖星。

定风波·写于新班伊始

迎我青山展玉屏，江天一色十分清。
鸿雁声声来不去。何处？明堂斗室焕新生。
挥手短亭离别后，罢酒，相携眷眷少年情。
迢递桥连登顶路，阔步，与君同摘满天星。

定风波·国庆夜观烟花

万点明灯扮橘洲，一江水映一城楼。
恰是少陵舟系处，摄取，烟花冲汉讶吟眸。
不夜举城欢国寿，载酒，也乘风物也乘秋。
纵起凉风欺客帽，长啸，与君慷慨击中流。

唐多令·中秋

归雁掠西楼，荻花隐客舟。看晚风、吹皱江流。
携侣遣怀将进酒，羁旅里、又中秋。
年事忍回眸，相思词笔留。觉冷清、酒醒扶头。
只拟问声天上月，可与我、解新愁？

天仙子·即将分班之时

把酒祝君君不语，哪管星城晴或雨。
乐诚堂里已深知，休犹豫，当记取，
红叶晚亭高咏处。
人世悠悠长几许，往事只如初写序。
屈湖润笔著新篇，惊人语，千万句，
留待他年杯酒叙。

青玉案·上元观灯

龙腾虎跃开福路[①]，月初上，人邀去。
金色年华能几度？半天烟火，满街锣鼓，
一夜狂欢舞。
嫦娥欲下群仙妒，速转星河不相顾。
最是世间春好处，桃花人面，清风玉露，
醉倒君无数。

---

① 开福路：湖南省长沙市的一条道路，因路边著名景点开福寺而得名，灯会所在地。

行香子·秋思

秋雨连天，秋水连山。渐黄昏、秋绪如烟。
梦中客里，又过西园。
想云中雁，花中酒，醉中眠。
平生细数，中年即逝，许尔吾、些许空闲。
悠悠生活，淡淡清欢。
纵风儿吹，云儿紧，雨儿寒。

行香子·秋夜感怀

一阵清凉，一阵幽香。正寻时、又到陂塘。
灯摇桂影，夜缀星光。
更弦飞声，舟飞棹，绪飞扬。
人生劳苦，宜歌宜醉，勿须叹、名利清场。
关山杳杳，云海茫茫。
待叶归根，舟归岸，子归乡。

江城子·戏作

闲来戏耍《贺新郎》，左驱獐，右擒凰。
齐唤苏辛，立马护中央。
古谱不通抛角里，千手指，又何妨？
琴心剑胆阕间藏，换戎装，远娇娘。
过处大风，吹断旧绳缰。
酒煮青梅谁与共，乘醉去，濯沧浪。

最高楼·潇湘道

潇湘道，新燕伴春归。三十剑书稀。
茶花雨打东风里，浪帆人倚板桥时。
也曾斟，花下酒，梦中诗。
且莫向，耳边惆怅雪。且莫向，水边惆怅月。
经过了，几多痴。
一川烟草凭谁问，满怀壮语只君知。
步林间，风浩浩，日迟迟。

醉翁操·营盘街前怀辛弃疾

年输，天乌，谁虞？

看雄儒。长驱，三千铁甲惊狂胡。

惜哉飞虎军[1]孤，寄几壶。

重过叹嗟夫，剑书飘零风雨濡。

志其耿耿，千里知途。

命何蹇蹇，惟望中原力呼。

文可荣词龙欤，剑可将奸凶屠。

怀君豪气舒，临风生踌躇。

此意动眉须，勿听营畔山鹧鸪。

---

① 飞虎军：1179年春，由担任潭州知州兼湖南安抚使的辛弃疾建议并创建的精锐部队，军营驻扎在今长沙市营盘路附近。

水调歌头·春风

五岭柳初剪，沅澧唤汀眠。
赤橙黄绿泼洒，铺彩向阳关。
我欲腾云同去，倒转天边日月，遥看旧河山。
何处借神笔，拨弄厚岚烟？
鹤声唳，虫蠢动，搅人寰。
迅雷倩取，怒震魑魅灭余寒。
且罢楼头歌舞，新买雕弓利剑，大漠斩楼兰。
待到靖诸海，高卷艳阳天。

水调歌头·秋游岳麓山

独立渺湘楚，振袂迫寒宫。
劲风翻卷红浪，激我万夫雄。
驯鹤登云轻舞，忠骨凌风高卧，把酒酹长空。
回首啸歌处，木叶下淙淙。
江山壮，英雄逝，古今通。
华章千赋，无与来和大江东。
运转兼行天下，时去忘情山水，举目辨良桐。
我笑且归矣，天地渐空蒙。

水调歌头·秋游湘江风光带

花是芙蓉艳，风自立秋凉。
枫红沙白鸢舞，一带靓潇湘。
随步青丝迷眼，小憩暗香养性，长啸又何妨？
一脉秋波里，云影共天光。
呼佳人，摄美景，奏清商。
浮生蝶梦，消遣百感寄诗墙。
渭水太公垂钓，荒岛霍生寻药，卅六未名扬。
长铗归来矣，可以击苍茫。

水调歌头·秋游杜甫江阁

最爱夕阳下，金满案前盅。
枫林名院江渚，生彩入双瞳。
三舍青山横断，千里浩波腾去，湘楚驻长风。
濯足沧浪后，短笛奏空蒙。
离骚客，风流事，转头空。
于斯长盛，伟杰独立傲豪雄。
激赏洲头烟火，更棹江心一叶，逐浪九州同。
遥念杜工部，谁主起关戎？

水调歌头·嘉峪关

舒展四方志，跃马骋雄关。
夜光杯里谈剑，翩舞指祁连。
放眼岚云戈壁，闭眼驼铃风语，想我旧河山。
秋草马肥后，大漠斩楼兰。
汉之壤，唐之域，数缺圆。
野心依旧狼子，柔狄炼钢拳。
莫把金城千里，辜负平生豪气，勋业奋扬鞭。
回首关城里，鼙鼓似填然。

水调歌头·为高考诸生壮行

奋笔解题紧，搁笔看书忙。
重基勤记多问，头脑亮堂堂。
内敛超人才气，兼养平常心态，斗志比昂扬。
慷慨少年气，大任我争光。
抛千事，除百感，示锋芒。
长风载我，乘势六月破沧浪。
挥洒三江文采，舒展四方鸿志，健笔写华章。
尽力皆无悔，临阵快磨枪。

水调歌头·夜兴

黄州文赤壁，京口武书生。
当年辞气慷慨，高处俯雕甍。
对酒二公无计，相和三歌有间，也拟钓长鲸。
时振青云笔，中有不平鸣。
叹廉颇，想公瑾，笑多情。
湖山容与，约我归去展青屏。
不念繁花千数，愿寄江心一叶，徒此羡樵耕。
逸上重霄九，星动似飞萤。

水调歌头·张家界[①]

山水赋奇绝，遐迩慕争来。

来惊如笋千峰，峰里霭云乖[②]。

要踏金鞭溪水，又逐四门水绕，十里数簪钗。

消夏土歌里，何事觅蓬莱？

护遗产，享美景，创和谐。

诗高太白，无计到此骋仙才。

拟借百龙天道，直会御峰天子，潇洒大观台。

索道可来往，看彻洞门开。

---

① 词中金鞭溪、水绕四门、十里画廊、百龙天梯、御笔峰、天子山、大观台、天门索道、天门洞，都是张家界的景点名。

② 乖：张家界方言，漂亮。

水调歌头·鹅洲感赋

舰分秋江水，浪打渡头沙。
听涛长卧，遥看青碧抹云霞。
一段清闲光景，几曲流行时乐，伴手有清茶。
问询长流水，逝去几芳华？
临水照，惊霜鬓，叹生涯。
六弦高奏，风急吹矮水红花。
渭水太公梦远，荒岛霍生名就，何计步云拿？
收拾行囊去，种瓠作乘槎。

水调歌头·昭山行

秀挺湘东岸，自古醉岚晴。
春来如画山市，高岭郁青荣。
蹬道绵延千米，古寺清灵千载，堪赏伟人亭。
吟啸长歌远，俯瞰大江横。
鉴湖骨，太尉隐，有余情。
何如夜侃，心力体力合能成。
高铁飞驰峰外，巨舰直挥湘北，也便客来倾。
多少归心忘，倚柱听江声。

水调歌头·元旦述怀

欢歌开盛旦，庆会贺新元。
飘飘风雨，渲染堤岸水云间。
曲调几支偶得，吉他六弦新奏，清绪满江天。
且余洲头问，遥接麓山烟。
日将熙，春已近，岂等闲？
涛声依旧，抑也扬也说因缘。
鬓白纯良无愧，能饭英雄未灭，砥砺往无前。
谁唱光阴曲，声绕老江干？

满江红·乍暖还寒

乍暖还寒，更西照、一襟残雪。
亭台外、何人怅立，漫天风烈？
横槊题诗乌鹊起，登楼作赋山阳绝。
问询春、只在稼轩词，溪头歇。
倾块垒，华章叠；平天下，长沟列。
想楼高休倚，忍看瓯缺。
我后不留千里梦，人间共酌三更月。
有声声、杜宇促人归，归难说！

满江红·“嫦娥”奔月[1]

折桂蟾宫，凭谁力、畅游无极？
望浩瀚、星云散尽，一天秋碧。
千载神言终幻影，而今传递真消息。
对荧屏、把酒祝嫦娥，青衫湿。
难忘昨，西风逼；曾经受，强梁殖。
罢百年魔舞，奋心何急！
壮思应嫌清夜短，欢娱不觉东方白。
待来日、桂魄竞风流，舒神翼。

① 该词荣获网易大型探月征文诗歌组唯一一等奖。

满江红·新校区落成有感（通韵）

紫气东来，只为了、明德新建。
凝望处、平冈拔起，凌云楼馆。
一马当先椽笔落，八方竞骛宏图展。
趁暇日、喜对乐诚堂，情无限。
成德事，当年远；达材志，心恒念。与诸君磨血，
美文新撰。湖映青衿常诵咏，亭扬楚韵宜伏案。
邀来日、欢乐聚黉宫，齐称善。

满江红·柳庄[1]怀古

一

柳影湖光，曾记否、卧龙隐此？
躬耕处、潜心练就，经天神器。
神接古人清目远，心忧天下英声蜚。
守长沙、谈笑固金汤，威名积。
如印石，真才气；江舟晤，听流水。
纵闲云野鹤，岂容魑魅？
知己一朝青眼顾，丈夫从此凌云遂。
噫吁嚱！回首伏牛庄，烟波里。

① 柳庄：左宗棠故里。左公曾隐居于此十四年，自称“湘上农人”。

二

杨柳参差，照水处，卧龙曾歇。
转书阁，依稀听见，男儿心烈。
知己印心坚比石，将军亮剑光如月。
况又是，整顿旧山河，军情切。
曾慨叹，青丝雪；休提及，心磨灭。
更抬棺西出，补金瓯缺。
湘柳新栽戈壁土，黄沙漫卷胡人血。
望玉关、无际泻清阴，连城阙。

三

丰阜农庄，掩去了，一时声息。
斑驳处，尚余文采，感怀畴昔。
池阁元非龙卧地，一鸣四海人惊识。
更知音，力举扫尘氛，呼声急。
平天下，谋如织；驱胡虏，身留迹。
但自公去后，井颓穷日。
故土梦回清夜冷，男儿腕扼红颜泣。
谁与看，杨柳万千条，连池碧？

汉宫春·春回大地

雾笼南山，雨霖铃浸地，江启新航。
亭前絮飞，一夜绿满横塘。
村头好女，换缣衣、邀上茶冈。
谁倩取、东风骀荡，招来骚客词章？
长岛风鸢又放，惹匆匆过客，方外思扬。
笙歌息心，杜宇声里斜阳。
青丝皓腕，映桃花、停燕留香。
曾记否、同怀契阔，相期一地金黄？

八声甘州·隐括蔡元培先生名作《就任北京大学校长之演说》

蔡先生自阁适燕园，一番语心长。
望定怀宗旨，品行砥砺，师友情彰。
最虑校园腐败，财敛做官忙。
但得日虚度，敷衍文章。
不忍流风熏染，要滋兰树蕙，力矫颓丧。
约同遵三不，正乐有担当！
劝学人、恒相敬爱，种梧桐、引凤聚明堂。
留今看、未名湖畔，无限风光。

念奴娇·天门山

长风万里，卷青冥、千古苍茫云气。
瑞满天门，虚步蹑、重九洞天仙陛。
轻挽霓裳，浅斟玉液，邀我酣然醉。
金银台上，凤飞鸾绕虎戏。
欲与骑鹤凌风，把浮名忘了，小舟长寄。
稳泛银河，经日月、羽化飙歌抛秽。
琼蕊含虋，引崖间白鹿，静心凝睇。
忽然回首，人间犹有烟戾。

念奴娇·嘉峪关

胡沙吹尽，正暑中天气，狂侵行客。
挥洒江南才子气，来写关城雄色。
大漠横戈，祁连饮雪，浊酒千金掷。
驼游关外，暮凉何计销得。
遥想落日楼头，貔貅百万，烽火连戈壁。
羌管不闻胡马歇，远了匈奴消息。
杀气冲天，鼓笳动地，铁血城砖识。
游廊文绝，抚碑犹看长策。

念奴娇·井冈山（用东坡韵）

南天高绝，毓几多、扭转乾坤英物。
跃上黄洋，同觅取、当日炮痕雄壁。
大树争荣，万山朝拱，天湛云如雪。
红歌声里，盛时尤念伟杰。
最爱八角楼头，灯穿长夜，革命新生发。
纵是功成惊四海，岂让初心泯灭？
恒念唯民，终生无已，激我萧疏发。
欢看圆梦，豪情分付山月。

高阳台·雨意

孤枕难眠，阶沿响漏，寒窗苦雨新愁。
壁画为何？烟波留恋兰舟。
不离杨柳声声碎，况滴珠、又到清流。
上乡台，望尽阳关，望尽高楼。
如无似有游丝细，怅真珠聚散，芳草青幽。
见说芭蕉，蓬蓬几叶新抽。
破吾一榻鸳鸯梦，枉输他、双枕关鸠。
却才催，千里飞鸿，万里骅骝。

桂枝香·游少林寺

山风恣肆。对古寺红墙，烈日如醉。
碧殿铜炉火盛，塔林云萃。
达摩九载恒观壁，伴禅灯、梵心何易！
祖庭渊薮，十三棍棒，侠风高谊。
念往昔、慈心广济。
叹喧闹红尘，炎趋凉弃。
戒律清规皆破，惹谁睚眦？
纵横四海从王业，莫寻林前场流水。
且吟前调，斜阳古道，再摇征辔。

桂枝香·拜岳麓山忠烈祠[1]有怀

高碑短碣，对江渚乱云，荒径幽折。
江水滔滔北去，夕阳如血。
照坡迤逦藏忠处，立峥嵘，百层重迭[2]。
堑深壕纵，成仁取义，当年艰绝。
赞伯陵、驱倭痛掣；叹风雨淫打，雄文磨灭。
剑锷冲天犹在，共风呜咽。
闻言宵小谋东海，纵心雄难奈髭雪。
谁能与听，松涛吼夜，杜鹃啼竭！

---

① 岳麓山忠烈祠：位于岳麓山赫石坡岳王亭下方（湖南师范大学内）。忠烈祠原为纪念岳飞的岳王庙，民国二十八年（1939年）改建为忠烈祠，全称是“第四路军阵亡将士麓山忠烈祠”，为纪念国民政府第四路军抗日阵亡将士而修。

② “照坡迤逦藏忠处，立峥嵘，百层重迭”句：忠烈祠与赫石坡侧的陆军第七十三军抗战阵亡将士公墓相距不出百米，上下呼应，成为浓缩中华儿女与日寇直接较量的三次“长沙会战”悲壮史诗的纪念性建筑物。

桂枝香·云中岳麓

云中岳麓。恰翠色无边，飞瀑惊鹜。
一路阶连广宇，杜鹃成簇。
去年天气林荫里，有佳人、笑依斑竹。
梵音香袅，笙歌蝶舞，镁光忙碌。
忆往昔、山头击筑。
叹荏苒光阴，纹深眉蹙。
斜日涛声依旧，晚红同沐。
自从驯鹤逍遥去，忍将琴声埋良椟。
几时共汝，花间把盏，再拼三斛？

水龙吟·过浏阳谭嗣同故居

莫言此巷寻常，壮士昔炼垂天翼。
临门怅望，青砖花牖，院深庭寂。
犹记当年，风矩[1]劲舞，雷残[2]暗泣。
问公子去后，星移花谢，有谁运，如椽笔？
挥手别兹天易，上奇谋，终难回力。
风云突变，雨摧新木，横刀呵壁。
故地神游，浩然相对，湿衫清滴。
把柔情侠骨，心头孤愤，寄楼头鬌。

---

① 风矩：谭英雄使用的宝剑名。
② 雷残：谭英雄自制的良琴名。

水龙吟·记红叶诗会

清风峡里清风，沁心润物舒清思。
赏红岳麓，青春恰是，当年意气。
爱晚亭前，夭桃影里，莘莘学子。
正浩歌游乐，高吟妙对，漫赢得、人凝睇。
不慕兰亭盛会。慕知音、偕行冬季。
前程无限，不应辜负，江山万里。
驯鹤归来，似前名院，似前流水。
摄红枫笑靥，他年相叙，慰平生意！

水龙吟·题白沙古井

长怀古井依然，流甘玉醴真无玷。
倾城共慕，赍临瓢饮，挹盆润脸。
今我于兹，清泉浇铸，雪冰肝胆。
抚新亭旧迹，凭栏犹想，井边阁，连天焰。
休恐蠹虫敢犯。鉴今朝、层林霜染。
人间蝼蚁，怕应羞对，一泓清滟。
野老长歌，书生浩气，玉壶清湛。
看何人又向、苑中平地，舞青锋剑？

望海潮·登长城

烽台何处？秦皇何在？振衣跃上崇冈。
山截野烟,龙腾翠幄,果然燕赵苍茫。
胡马越铜墙。叹烽火热血,皆作风凉。
万里秦砖,四围唐骨,泪沾裳。
谁人却奏清商。恨多情似我,徒慕疏狂。
寒水筑停,边关角起,人心自胜金汤。
天外扰强梁。待鸡鸣云起,横扫扶桑。
且借良辰抵掌,磨箭射天狼。

望海潮·生日述怀

高山追日，长洲钓月，青春气壮山河。
心血尚温，沙尘漫卷，回头卅七年过。
醉酒解心魔，唤扁舟好友，击水高歌。
带取花香一枝，相伴不须多。
平江稳泛清波。吐云霄志事，对尔吟哦。
歌唱浩风，琴弹碧水，偕来裁剪千荷。
奇骨自蹉跎，有几多贤领，肯问廉颇？
且借庄园数座，勤勉种藤萝。

沁园春·步伟人《长沙》词韵，记橘洲诗会，兼咏长沙

淫雨初停，晓雾新收，丽日当头。
对一江春水，满川烟景，放歌长啸，再数风流。
笛弄梅花，诗随清舞，争借春光唱自由。
欢歌罢，望新栏旧迹，往事烟浮。
书生年少曾游。想慷慨登临如此稠！
叹稼轩风范，营盘飞虎；湘军斗舰，文正声遒。
更有毛公，指天怅问，雄视寰球恶虎侯。
滔滔处，见依稀还是，昨日飞舟。

摸鱼儿·劝友

几日外出，回来即惊闻古风之变。细读诸帖，伤之。良久，填词一首，不尽言也……

问硝烟、是谁燃起，直教分裂如许？
鹰诚四海高飞客，竟吐一番真语。
诗和趣，嘴斗苦，古风多是痴儿女。
忽然无序。弃雅院清风，高山流水，只影向何去？
凌霄路，犹记当年苦旅。广寒无计祛沮。
平生自炼回天力，斥鹮空啼淫雨。
心血煮。放眼处、魏徵直谏从无拒。
人心难古。任他卷风云，暂休江渚，痛饮远囹圄。

摸鱼儿·问旌幡

问旌幡、谁人来系，青山空对残垒。
高原云重风声猎，辜负一池春水。宵继晷。
君不见、茫茫天际乡关是。消魂梦里。
纵闺阁长愁，将军浩叹，皆作土丘矣！
葡萄酒，斟酌当年角徵。萧关何惧流矢？
招魂鬼社难嗟及，野岛纂修青史。防虎兕。
向前席、径须沽取鲈鱼旨。剑鸣未已。
待千古英雄，狂歌痛饮，频把海中指。

贺新郎·情人节论坛斗词代人赋

又到情人节。更谁堪、元宵余庆，月圆将缺。
多少楼台离人泪，梦里依稀吻别。
风正打、床头红结。
入耳声声如旧瑟，欲起身漫把相思拽。
又恐子，睡酣热。
愁思恨缕劳心竭。叹年来、操持里外，鬓丝添雪。
犹记夭桃花开日，比翼飞天唱彻。
念此去、同缝天裂。
恨不倚天抽长剑，向远方、裁取山千截。
四海一，万愁泄。

贺新郎·思友（改清代顾贞观“我亦飘零久”词）

一别诗坛久。叹年来、深恩负尽，旧朋新友。
平昔虚名浪赢取，唯爱苏辛高奏。
并唱得、衣宽腰瘦。
风起潮来谁酌酒，问诸君、亲友安康否？
昨夜梦，灞桥柳。
君来吾又匆匆走。
竟难同、倾心打趣，片时炎昼。
词谱蒙尘惭疏读，但愿心魂相守，
便敌那、天涯雨骤。
来日相陪当奉命，把劳心、诸事抛身后。
言不尽，谢顿首。

贺新郎・几个知心句

歌罢都无语。问屏前、几人尚有，昨天心绪？
休道人情寒如水，可笑蝇头些誉。
都一样、征帆才举。
纵有狂风难动性，任人间、多少炎凉雨。
冬已远，日将煦。
于今独奏黄金缕。作一般、抒情议论，自然风趣。
儒子身名羞吾矣，还得从容积虑。
只对酒、无吟归去。
翻箧检文春秋里，荡心头、几个知心句。
曲水会，共期许。

贺新郎·拜南岳忠烈祠[1]有怀

怅立隆冬节！更谁堪、草黄雾笼，凛风吹彻。
凝望青松高围处，十万官兵一穴。
况雨打、荒碑残碣。
旧迹磨平魑魅过，吐胸中块垒防唇舌。
崇岭上，有人咽。
家仇国恨心头锲。问今时、对峰酹酒，与谁相设？
犹自经年磨长剑，忍看东瀛计劣。
复感慨、青丝添雪。
应慕当时兵略好，捍山河、壮士真如铁！
歌未竟，衷肠热。

① 南岳忠烈祠：1938年筹建，1942年落成，是纪念抗日阵亡将士的大型烈士陵园。

贺新郎·嘉峪关

梦绕魂牵处。看边风、劲吹戈壁，马腾炎暑。
如墨青山吟眸里，掩了残云古树。
况又是、长河日暮。
老子来时天也美，但无他、铜板琵琶舞。
千古事，酒中叙。
沙场醉卧骈头语。叹功名、最偏年少，老身辜负。
姑挽雕弓瞄城靶，权作今时乐趣。
甚感涕、卫音霍句。
不尽苍茫当摄取，听驼铃、天际烟尘去。
唯拾笔，写新序。

贺新郎·雪

一夜冷风袭。渐平明、琼瑶坠地，偶闻枝磔。
飘彻银龙鳞千万，天地茫然失色。
恰好是、梅边吹笛。
更感天涯孤行者，向乡关、望尽千山白。
托六角，化无迹。
沁园咏雪凌云笔。叹而今、晶莹南国，壮怀萧瑟。
过眼樽前呢喃语，慷慨唯吾异客。
可与我、横行狂出？
便举觞来邀雪舞，笑雪花、不解人岑寂。
长啸后，冲风立。

贺新郎·黄鹤楼

独对江天廓。正清秋、黄花香后，远来游乐。
吹笛仙人知何处？今古如同一觉。
偏又见、精忠剑锷。
放眼楼头屏上字，把几多、寂寞诗魂泊。
潇洒客，尽成昨。
唐诗三百人人学。笑诗仙、崔生去后，笔头枯涸。
千载浮云增吾思，一曲清词新著。
著不尽、心头情灼。
两鬓星星犹长想，使余生、不负青春诺。
重振笔，超黄鹤。

贺新郎·古风三歌[①]

亮剑长歌绕。赞狂歌、少年心意，漫堆词稿。
斟酒浇消愁肠垒，浇罢飙歌嚎叫。
还梦去、飞天竞傲。
睥睨诸侯天下事，上车时、都是寒衣帽。
三结义，洞然照。
古风犹荡三歌笑。爱花间、凌云赋就，偶然相扰。
当叹而今诗多箧，却是无人通晓。
况又是、扶头酒觉。
莫负平生豪放气，笑风尘、不染方为妙。
春到矣，问声好。

---

① 古风三歌：词中依次指曾经活跃在网易古风雅韵论坛的亮剑长歌、少年狂歌、飞天飙歌，三人在论坛以豪壮奔放闻名。

贺新郎 · 又到端阳节

又到端阳节。恰星城、榴红樟绿，锦筵罗列。
闻道龙舟争标处，胜似前时娱悦。
况又是、潇潇雨歇。
满眼风光乘醉觅，听声声、“新进芭蕉叶”。
堤上柳，莫攀折。
楚乡遗俗年年说。倩何人、挽江洗尽，古今离别。
长记沉湘投包祭，凝望天边新月。
照不到、心头情切。
今夜重温离骚语，但祈求、欢乐人间彻。
风卷去，愁云裂。

贺新郎·北京师范大学研修与在京诸生小聚

畅沐清秋节。
正京城、杏林金染，碧天澄澈。
朋侣齐邀单因是，不惑重来负笈。
甚感慨、拳拳情切。
迤逦笑谈师大路，又高歌排坐当风猎。
年少志，趁风发。
南门把酒言酣热。
自争提、清风峡里，晚亭红叶。
湘水洲头诗和赋，记载当年明月。
更共读、伟人书页。
惭愧为师心意淡，便从头、力振苏辛说。
望再聚，唱三阕。

贺新郎·隐括《赤壁赋》

赤壁新秋节。
客随吾、扁舟夜泛，风清波歇。
遥望东山银盘出，露白江天相接。
任一苇、从流飘忽。
斟酒长歌思美者，隔天涯、水渺空望彻。
箫倚和，音凄切。
当年横槊英雄没。
客叹人、寄托天地，须臾幻灭。
吾劝君看江和月，本体千年不绝。
化声色，用之不竭。
且适江山无尽藏，又何争、世上纷纷物？
更酌酒，尽情悦。

文赋

杜甫江阁记

渚当中流，曾系孤舟；阁临大江，复阅沧桑。白沙舞鹤，相和渔歌；万山正红，宜仰高风。念杜公无依，老病愁苦，曷此其极！叹湖湘有情，接屈纳贾，如斯于君。孤舟何处？湘水犹淌三别泪；高阁依然，来者当存济世心。

予时至阁，赏风光，吟华章，诉衷肠。是夜月明，沿堤徜徉。竹木交横，灯火映江。市声渐远，躁心乃安。倚栏酹月，神游故国。细浪泛舟，一身布衣揖王侯；沉吟抒怀，两鬓繁霜忧黎民。长沙城里，苏生同怀共醉酒；落花时节，天涯沦落又逢君。暂得麓山烟雨，沐去喧嚣红尘；又将湘江琴韵，奏响人间绝唱。万家忧乐，皆来眼底；只影飘零，望断故乡。斯情何所堪！斯人赞何言！

若有语曰："知我者谓我心忧，不知我者谓我何求？下江陵，入洞庭，是乾坤之浮于胸壑也；临潇湘，之平江，唯托遗响于一叶矣！倘四海一定，纵茅庐旧醅，亦自安东篱，吾又何悲乎国之破，家之离？"应曰："逐于卑湿，怀沙鹏鸟，乃太傅郁结愁肠也；百舸争流，鹰击长空，岂非毛润之之志哉？然君志追毛公，穷甚贾傅；感时伤别，流寓星城；虽老异乡，千古流芳；誉为诗圣，岂不幸哉？越一千二百余岁，历兵燹而余陈迹。圣音盘桓，欣逢钟期。今者湘人斥资，终得此阁巍立。游子访贤，志士思仰；辞赋无穷，弦歌未央；踵事增华，亦盛矣哉！”

一声汽笛，庭阶寂寂。时秋月朗朗，流水汤汤。

清明寻幽记

是年清明，律开公休。携生晓行，纵兴寻幽。踯躅于太平街贾谊故居，徘徊于湘水滨杜甫江阁。不见当年手植柑，唯静听一介英才之孤愤；稍憾后来新琉璃，宜对语千年诗圣之沉音。

时春风缕缕，拂面不腻；细雨纷纷，沾襟未湿。值太傅门方开，即鱼贯而入斯。摄亭旁古藤老樟，正泛今春新绿；睹碑上龙影蛇形，尚余鹏鸟文字。湘水无言，有心凭吊三闾；石床有恨，无计留得人魁。寻秋旧处，堪怜长沙；老井依然，恒启忧思。怅戚戚之未已，阁隐隐忽将至。顿感远天空濛，江山影绰。于是释怀，疾走旋临。见泊舟处，漾一江新涨春水，频激琴韵之汤汤；想宿阁时，忆孤舟曾飘西南，时思故园之殷殷。登楼凭栏，恰对长岛龙翔；游目骋怀，更觉云淡气清。再观乎诸生：或发浩歌，或摘少陵；或戏沧浪，或弄瑶琴；或舞青春之袖，或踏芳草之青；或探宇宙之奥，或起思古之吟。胸次开豁，便得无穷逸兴；意绪灵动，兼怀四方黎民！

嗟夫！人生难满百，常怀千岁忧。若贾生，积贮治安，殚精为社稷虑，竟得屈向卑湿地；如少陵，致君淳俗，飘零哀苍生苦，岂可直寄一叶舟？余观夫贾生，雄才大略，间有怨也；少陵，沉郁顿挫，甚其忧也。自古才子过之，未尝不悼赋嗟诗；况遇知音诸生，更益雨中幽情！书生伏案之余，应当亲临圣迹，仰高风，沐芳韵；志士扼腕之际，能够凭吐块垒，畅怀抱，垂清名。上追屈子，下启湘人，激扬湖湘之灵性，共振神州之气象，吾与君其共勉之矣！

是为记。

2008 年清明

明德学堂记

矢志兴学，存诚立世，树大木于四海之内，振邦国于存亡之秋，此乐诚老人所以于西园里巷之创未尝不殚心竭力惨淡经营者也。方其负笈东瀛慨然而还，愤帝国瓜分痛神州陆沉耻清廷怯懦哀民生多磨，抱教育救国之志，以精卫衔木之力，革故鼎新，拓荒斩荆，芃芃（蓬蓬）然而开一代之风气矣！佳构既成，《大学》其名。训曰坚苦真诚，号乃磨血育人。融贯中西，独标风姿。学堂者，务求宇敞金足，然亦非徒此而已也。先生之为明德兮，终生奔走兮，计不得在家度岁者凡廿有四。其间谒公卿，卧朱门；顶酷暑，涉南洋；暴霜雪，出关外；窘乎穷途，厄于有司；降志辱身，虽九死其犹未悔；之沪上，乃有持三日粮为背水阵之语！而先生摩顶放踵，躬行实践，其志弥坚。先生曾语黄公克强曰："公倡革命，乃流血之举；我为此事，则磨血之人也。"此诚心语。流血者险而易，磨血者稳而难。其择稳而难实欲与险而易相得益彰，先破而后立者也。识见远甚，洞烛其明。而先生亦几度不计生死，佑庇志士。至于跪陈介，延名师；侍学子，励士气；为乞为教，为忍为磨；真气贯于日月，精诚动乎鬼神！遥想草创之际，暗夜血雨，风声鹤唳；缇骑爪伏，伺机颠覆；于此艰苦卓绝之中，竟成明德之伟业，可谓壮哉！时之君子，贤于先生者，有几人欤？而先生辄安步当车，不治私产；唯才是用，择人不以域论。于是明德硕师云集，群英荟萃；春风化雨，俊采昳丽，迄今已百有余年，亦盛矣哉！冠字辛亥策源，嘉号院士摇篮，自明德所出视死如归勇纾国难，献身科技学问大成者，何可胜数！况有中正赐额，“止于至善”，伟人贻墨，“明德方兴”，时人云：“北有南开，南有明德。”诚如斯言！倭寇内犯，烽橹南移，然师生辗转流离于霞岭等荒僻之野，仍得意气风发薪火相传学问洵美者，盖因先生之志之风之治之熏而致也。即如文夕一炬满目焦土之中，更有横绝星城岿然屹立之乐诚堂，人谓天佑至诚者也。嗟乎！日月逾迈，往者已矣；行法前贤，来者可追。不恨古人我不能与之游，恨古人不见今日之群彦。暇日登楼，游目骋怀。见嘉树依依层楼历历湖光潋滟书舍显敞香亭含雅靓带倚江落日熔金长空浮银，湖名屈子亭唤楚辞，莘莘青衿蹑湖畔芳草曲径广场皆置前贤先达像；瞻兴中遗迹浸侠骨留香；闻芳径书语湘娥扬韵泰安虎啸朝弦暮歌。南望罔极，北延天心，东临新府，西眺万山红遍似鹤泉玉露调丹和朱于腮，使洲头少年发谁主沉浮之天问。令天下学子毋论遐迩皆闻风竞骛，愿得早入彀中一望风采聆取宏教，八方鸿儒争赴湘滨披书阅卷树蕙滋兰，冀枝叶峻茂假伯乐骋力，共思担道求索与时俱进而驰不羁之雄才，以创纬地经天业奋扬修名于天下。诚能与诸君穷究百科之奥厚冶儒雅之风倾书天下情怀笑谈古今兴亡，而后徜徉陶然于斯堂，不亦乐乎！是为记。

《仰侠集》序

公元二零零一年十二月二日，余率全体门生，迎风沐雨，飞车十里而至慈城西北之饭甑山麓。舞清风，戏碧水；披荆棘，登天梯。及至圆顶，冬雨忽停，唯见大石横卧其上。时北风猎猎，云烟漠漠；慈城隐约，楚天空阔。溇水东去，有如玉带腰围；群峰耸翠，恰似青龙欲飞。镁光闪烁红旗飘，云中忽闻仙歌起。或尝佳肴，或发狂吟；或摘野果，或谈古今。其情也浓浓，其乐也融融。逸兴不可已，慷慨志又生。望山川之胜迹，觅大侠之隐踪；踏豪杰之战地，仰厔王之雄风；感镆铘之犹存，觉宇宙之无穷。仰天长啸，顿觉积闷解，体魄健；浩气入怀，备感心灵净，意志坚，并跃跃然欲乘风化去翱翔于天地之间矣！

古之文人雅士，登高必作赋，游山必吟诗。身所经历，发诸心灵，则文无不工也。教师姚某，慈城人氏，最爱研读华章，培育英才，闲来舞文弄墨，颇为自得。手下六十八生，个个清纯可爱，日日磨砺以争。志远远兮慕英雄，心连连兮若一人；闻侠风而思仰，归自然而才进。畅游归校，争相抒写胸中块垒。或记游，或述怀；或奔放，或轻快。妙语纷出，佳作迭来。予观诸生之作，其间必有成大器者，心甚喜之。故汇编于此，以资来日。昔兰亭盛会，以王公文而传后世；今默默饭甑，当因诸生诗文而远播芳名。

是为序。

《二三事》序

犹记庚寅孟冬，予携黄兴学子赏红岳麓。朗吟爱晚亭前，拾级夭桃影里。《故乡》之音，绕衡岳峨峨；《祖国》之诵，腾湘流浩浩。须臾啸歌，抒尽青春少年风发意气也！既而高瞻云麓，怅问烟雨苍茫。感萧萧落木，寻隐隐隆丘；折花奠祭忠骨，鞠躬仰钦英魂。于无声中，寄寓书生多少忧世情怀矣！

亦记上期周末，高一二楼吾室。同学清会，弦歌不绝。流水淙淙，欧阳子雅奏《渔歌》也；车鸣滴滴，二三子齐演《公车》也；议论声声，机灵子寸舌争锋也；欢声嘻嘻，快活子会意笑语也。影像送京展评，终得名列前茅（全国一等奖）。喜讯报来，无不欣欣然而奔走相告也！

往事历历，如在目前。然岂可尽忆矣？亦未能尽述也。予于去岁炎暑因缘得识诸生，秉文化立班之训，承书香育人之风，倡敢为人先之志，导勤勉和谐之向，齐心协力，勇夺三军桂冠如斯！吾生，湘楚大木宇内龙虎也；吾师，栽大木拄长天培龙虎腾风云者也。平日，师生陶然而相亲，同学欢然无所间。相与切磋，砥砺学行。既内蕴其秀，又得放旷于云间麓谷之外，契意于雅会娱悦之中。其后，念云海苍茫逸兴舒畅，想烟树空蒙浩歌慨慷，赞琴韵悠然诗意满堂，往往情不自禁，将郁积之绪，兴于诗，发于文，抒人之所无，状人之难言。得而集之，名曰《二三事》。《二三事》者，谐二三四之音也，细味之，有璞玉之质，有巧工之精，有江海之谦，有溪涧之清，上口可人，韵味无穷也。

夫少年者，风华正茂潜龙腾渊也；吾班者，红日初升蒸蒸日上也。吾班年少书生，当效曾文正统领湘军之气润之指点江山之概也。予闻古之立大事者，不唯有超世之才，亦必有坚忍不拔之志。此其勉之。

是为序。

龙之赋

唯洞井之龙吟兮，发明德之新声。
潜幽壑以养涵兮，濯湘水而气清。
矫其首以腾骧兮，凌紫气而超云。
忽宛宛以盘桓兮，起雷霆之万钧。
振长髯而澍雨兮，泽四海之叶荣。
善因时兮舒卷，顺天兮行健。
天光兮炳焕，文章兮粲烂。
大道兮既张，吾君子兮当自强。
载万物以厚德兮，倚盘固而奋扬。
志千里以驰骋兮，引骐骥于四方。
滋百年之文韵兮，治儒雅之书香。
自创始而享誉兮，更磨血以育人。
纳名园之清芬兮，扬龙马之精神。
湛明珠于雨花兮，创新奇于南城。
期凌烟之高阁兮，列群龙之芳名！

国庆日赏桂赋

时戊戌之国庆兮，临湘府之芳园。

羲和升对望舒兮，白云尽而天蓝。

心旷怡而彳亍兮，况举国之欢颜。

众悠游且宴乐兮，歌海清并泰安。

忽忽然有奇馥兮，入众生之肺肠。

凝双眸以长注兮，深碧间兮浅黄。

餐风露以成魄兮，发幽奇之馥香。

惜傲寒之瘦骨兮，越世间之群芳。

纵零落亦不迁兮，虽迹远而韵扬。

其物性非愁兮，故骚辞兮不收。

众纷驱而慕君兮，已植嘉木兮成阴。

童叟高唱祖国兮，笑靥映兮旗红。

琴鼓列队齐奏兮，袖舞伴乎锵咚。

光影幻时落蕊兮，心存香兮无穷。

余感此之新时兮，忝与国兮生同。

赋嘉木以相贺兮，趁尧天兮长风！

浣溪沙．夏日村居

早起風涼村路行霞光遍照翠如屏
碧波明鑒淨無聲僥道幾人晨浣洗
又過雨犬吠消停相看不厭是鄉情午覺
開門炎日斜黃蜂尚採紫薇花斑鳩
喚在竹籬笆坐石臨風憑老樹披襟消
暑舉粗茶閑聽父老侃天涯薄暮日頭
漸下山鳴蟬歸鳥齊聲喧江邊裊裊見
炊煙幾片赤霞同燄火一懷襟抱學青
山人生難得是清閑夜半竹床淡淡風星
河熠熠轉高穹滿懷心許夜朦朧斷
續雨三聞夜語忽然弦月掛山東江南
江北一望中

姚邦輝詞四首葛麗萍書